LE CHÂTIMENT DU SANG

Note de l'éditeur

Nous sommes ravis de vous faire découvrir le livre *Le Châtiment du sang*, de Céline Picard, lauréate de la première édition du Prix du polar non publié.

Grâce à ce concours d'écriture, mes complices, Christine Caron, Céline Robert, Pascal Grégoire, et moi-même souhaitons favoriser l'émergence de nouvelles plumes en offrant une seconde chance à tous les auteurs qui peinent à faire éditer leurs écrits.

Nous sommes convaincus qu'un texte refusé par les éditeurs n'est pas nécessairement un mauvais livre. La longue liste des écrivains renommés ayant connu des difficultés pour publier leur premier manuscrit en est d'ailleurs la meilleure preuve.

L'enthousiasme suscité par la précédente édition du Prix du roman non publié nous a incités à développer le concours en créant une nouvelle catégorie consacrée au polar. Cette année, nous avons donc le plaisir de présenter deux Prix, deux lauréats et deux manuscrits refusés devenus des livres publiés !

Timothé Guillotin
Fondateur de Novice

On compare parfois la cruauté de l'homme à celle des fauves, c'est faire injure à ses derniers.

Fiodor Dostoïevski

À mon époux.

À Yvette Sias.

Préface

La publication d'un premier roman représente toujours une étape clé dans la vie d'un auteur, car c'est véritablement l'instant où il peut enfin, sans mentir ni enjoliver, se présenter comme écrivain. Ou, au minimum, annoncer avec un grand sourire : « Tiens, j'ai un livre à vous faire découvrir ! » On peut écrire pour soi ou pour ses proches, bien entendu, mais si l'on possède de véritables histoires bien écrites, alors pourquoi les réserver à un public restreint ?

Bien entendu, il est compliqué de se faire publier, en tout cas par un éditeur qui a pignon sur rue et qui distribue réellement les ouvrages dans les librairies. On entend souvent dire qu'il s'agit d'une mission impossible pour un auteur novice, ou alors que c'est un privilège réservé à quelques *happy few*, à ceux qui ont des relations dans le milieu de l'édition. Pourtant, la réalité est que tous les éditeurs recherchent de bons textes, de belles histoires, des plumes qui ont du talent. Évidemment, tout ce qui est publié ne mérite pas toujours de l'être : beaucoup d'ouvrages « littéraires », même encensés par la critique, tombent des mains au bout de dix minutes, nombre de polars déroutent le lecteur plus qu'ils ne l'intriguent. Mais la réalité est qu'aucun scribe capable de coucher sur la page un récit un tant soit peu accrocheur, rédigé dans une langue lisible, ne passe au travers des mailles du filet, même si cela peut parfois prendre du temps et emprunter des voies détournées. Même dans un monde où l'offre de loisirs est démultipliée, les bonnes histoires demeurent une valeur reconnue et qui se partage.

Le Châtiment du sang aurait pu être l'exception à ce que je viens d'écrire, mais le Prix du polar non publié, organisé par Novice en partenariat avec les Espaces Culturels E. Leclerc, a servi de bonne fée à Céline Picard. Un peu comme une rencontre de football gagnée aux prolongations. Elle a emporté le choix du jury, que j'ai eu le plaisir de présider, et ce n'est pas lui faire injure que d'estimer que son manuscrit surnageait aisément et qu'il méritait d'être diffusé et donc lu. Céline Picard est désormais écrivaine.

Son roman noir (ou « roman policier » ou « thriller » ou « rural noir » ? Peu importe les frontières des genres qui ne sont là que pour être repoussées et c'est un atout que de ne pas se cantonner à un genre) nous plonge dans une intrigue contemporaine aux ramifications anciennes, dans une ambiance oppressante au sein d'une campagne française qui pourrait être onirique si elle n'était, au bout du compte, si proche de nous. Elle nous embarque dans le récit de ses deux femmes policières, un duo singulier que l'on a trop rarement l'occasion de voir ou de lire.

Je vous laisse découvrir tout cela en détail dans les pages qui viennent, car les meilleures introductions sont toujours les plus brèves, sachant qu'il aurait été dommage que ce texte reste dans un tiroir. Et comme ce n'est pas le cas, tout est bien qui finit bien. Une anomalie dans le polar !

Thomas Cantaloube

Chapitre 1

Banjo est un golden retriever heureux. Tous les dimanches, Paulette, sa maîtresse, l'emmène au club canin où il retrouve ses congénères pour travailler l'obéissance, domaine dans lequel il n'excelle guère, et pour se dépenser en pratiquant l'agilité. Mais ce qu'il aime par-dessus tout, c'est s'amuser avec une belle braque croisée répondant au doux nom de Gaïa.

Comme chaque semaine, Paulette et Banjo parcourent à pied les deux kilomètres qui séparent la maison du centre d'éducation. Ils profitent ainsi des premières lueurs de l'aube qui donnent des reflets dorés à la campagne silencieuse et discrète. Les champs labourés aux mottes argileuses saillantes attendent les semailles du blé d'hiver dans un silence ouaté. Seuls quelques animaux, fouissant, cherchant, chantant, apportent une belle sonorité à cette paix. L'automne est déjà bien avancé, mais la douceur, fragment de l'été passé, ne veut pas renoncer. Malgré cette impression estivale, la pluie a fait la veille une apparition soudaine et les sols ont déjà absorbé ce précieux élixir de vie pour le restituer aux nappes phréatiques et à la flore. Quelques flaques et des lambeaux épars de brume humide attestent de son passage. Cette eau bénéfique exhale les parfums et Banjo en profite au maximum, la truffe au vent. À peine a-t-il levé son museau que ses cellules olfactives captent un puissant fumet. Il s'arrête, renifle et essaie de localiser ce mélange d'odeurs de charognes de rongeurs et de viscères d'un chevreuil dans lesquels il adore se rouler.

Banjo se presse de suivre cette fragrance avant qu'elle ne disparaisse, malgré les remontrances de sa maîtresse qui le perd de vue et s'affole en imaginant son état de saleté. Comme chaque fois qu'il s'éloigne, elle le repère grâce à ses aboiements, le rejoint et se demande ce qu'il a bien pu trouver. Lorsqu'elle arrive à sa hauteur et s'apprête à lui passer la laisse, elle s'étonne de trouver Banjo calme, incrédule. Elle lève les yeux. Son nerf optique lui transmet alors les informations captées par les cellules rétiniennes. Son cerveau effectue le travail d'analyse. Elle intègre ce qu'elle vient de voir. Elle reste là, figée, la main sur la laisse. Puis, brusquement, ses muscles se mettent en action, elle a un mouvement de recul et hurle d'une force inimaginable. Son cœur s'emballe, il bat si fort et si vite qu'elle croit faire un malaise cardiaque. Elle pense qu'elle va s'évanouir, mais son corps réagit différemment. Ses jambes décident à sa place et, aussi vite qu'elles le lui permettent, Paulette détale comme si Lucifer en personne lui demandait un service. Au bout de la laisse, Banjo la suit sans rechigner. C'est seulement en arrivant au bout du chemin que son corps cesse de fuir. Elle réussit à prendre son téléphone malgré les tremblements incontrôlables qui agitent ses mains et sans qu'elle sache comment parvient à composer le 18. Elle décrit tant bien que mal ce qu'elle a découvert à son interlocuteur et raccroche aussitôt. Troublée, perdue, Paulette s'effondre et caresse son chien pour occuper ses mains et son esprit en attendant que quelqu'un vienne les délivrer de ce cauchemar. Elle est assise et Banjo, couché sur ses jambes, ne songe plus qu'à protéger sa maîtresse.

Chapitre 2

Charlie se réveilla en sursaut dès la première sonnerie. Mécaniquement, elle essaya d'attraper ce maudit réveil sur la table de nuit pour le neutraliser. Elle tâtonna quelques secondes sans réussir à l'atteindre, puis, dans un mouvement de colère, balaya tout ce qui se trouvait à sa portée, ajoutant un véritable vacarme au tintement strident de la machine. Pour le plus grand plaisir de Mathieu, son mari.

— Génial ! Ce n'est pas comme si je dormais. Tu as dû réveiller tout le quartier, ta fille et ton chien.

Elle grogna des mots incompréhensibles, se redressa et posa ses pieds sur le tapis bien épais et moelleux, spécialement choisi en pensant qu'il rendrait son réveil un peu plus doux. Elle avait tort, ce tapis ne servait à rien. Elle alluma, se prit la tête entre les mains et grommela autre chose que son mari ne comprit toujours pas. Il se garda de lui poser la moindre question, sachant que ce n'était pas le moment, il était encore trop tôt pour que sa femme ait l'air d'un être humain. Il se leva et fila dans la salle de bains.

Charlie essaya de se souvenir de sa nuit. Pas de cauchemars cette fois. Un répit qu'elle savait de courte durée. Elle resta encore un moment à râler, assise sur son lit. Pourquoi fallait-il se lever aussi tôt ? Ce n'était pas normal, on devrait commencer ses journées seulement quand on émerge du sommeil de façon naturelle, sans ces instruments de torture. Elle décida de se rallonger et plongea dans un demi-sommeil.

Lorsqu'il revint dans la chambre pour ouvrir les volets, Mathieu soupira en voyant sa femme encore endormie.

— Charlie, il faut te lever !

Il avait raison. Alors elle sortit du lit, non sans peine, et se traîna vers la cuisine. Ils vivaient ensemble depuis des années et Mathieu s'était habitué à ce rituel plutôt désagréable. C'est son principal défaut. Ses nuits étaient très agitées, des cauchemars, souvent, lui rendaient visite. Leur origine demeurait inconnue, même si le stress de sa vie était l'explication la plus probable. Elle ne voulait pas consulter un spécialiste, ni analyser les messages associés à ses rêves étranges, craignant de passer pour une folle. Elle s'en accommodait et son mari aussi.

Ainsi, ce matin n'échappa pas à la règle. Assise à la table de la cuisine, les mains toujours sur sa tête, Charlie entendit résonner le sifflement de la bouilloire et le goutte-à-goutte du café. Une odeur de pain grillé parvint à son cerveau et elle commença à reprendre une forme humaine. En ouvrant les yeux, elle découvrit un verre de jus de fruits posé devant elle. *Enfin, une chose positive*, se dit-elle.

— Ça va mieux ? lui demanda Mathieu.

— Oui, ça va.

— Pas de cauchemars ?

— Non, pas cette nuit, lui répondit-elle.

On y était presque, elle trouvait désormais les mots qui, mis bout à bout, formaient une phrase.

Charlie termina son petit-déjeuner en silence et se sentit un peu mieux. Elle pensa à sa journée de travail, à ce qui l'attendait. Elle avait comme un mauvais pressentiment, une sensation bizarre, et mit ça sur le compte de son réveil brutal. Charlie se fit violence pour aller vers la salle de bains et, une demi-heure plus tard, elle était prête. Elle n'osa pas embrasser sa fille, Léa, qui dormait toujours, sachant qu'elle la verrait ce soir, puis chercha son mari des yeux. Sa mère ne cessait de lui dire qu'elle avait de la chance d'avoir un mari si patient. Charlie sourit en pensant à sa mère, il fallait qu'elle l'appelle, il y avait bien longtemps qu'elle lui avait parlé. Trop longtemps.

Dehors, il faisait encore un peu sombre et quelques nuages voilaient le ciel. Mais le soleil était déjà là, en embuscade, et ne tarderait pas à pointer le bout de son nez, elle en était sûre. Avant de partir, elle appela son chien, Chronos, qui arriva en courant, lui caressa la tête pour lui dire au revoir et pour s'apaiser un peu au contact de sa chaude fourrure.

— J'y vais ! Je ne sais pas trop à quelle heure je rentre. On s'appelle, lança-t-elle à son mari en guise d'au revoir.

Charlie monta dans sa voiture et sortit de chez elle le sourire aux lèvres en voyant au loin le soleil apparaître derrière les nuages. Malgré la chaleur de ses rayons, un frisson lui traversa le corps, et les muscles de son dos tremblèrent. Instinctivement, elle se secoua comme pour chasser l'onde négative qu'elle avait cru percevoir dans ce tressaillement. En chaussant ses lunettes de soleil, elle sut que cette journée serait difficile. La seule question, à laquelle elle n'avait pas encore de réponse, était de savoir à quel point.

En arrivant à la brigade de recherches, elle tomba nez à nez avec un de ses collègues.

— Salut Charlie. Je crois que le commandant te cherche, y a un gros truc qui vient de tomber.

— Pourquoi ? Il se passe quoi ?

Il haussa les épaules avant de disparaître. La capitaine de gendarmerie Charlie Meunier pressa le pas, pensant qu'il serait préférable de boire son café plus tard. Pas la peine de mettre le boss en rogne de bon matin.

Elle atteignait juste la première marche de l'escalier quand elle entendit à l'étage la voix impatiente du commandant :

— Meunier, vous êtes où ?

— Là, mon commandant ! dit-elle en montant les marches deux à deux.

En arrivant dans son bureau, elle sentit tout de suite que quelque chose n'allait pas. Son visage ne présageait rien de bon. Elle le salua :

— Mon commandant.

— Repos. Asseyez-vous, Meunier.

Elle obtempéra et attendit la mauvaise nouvelle. Elle ne fut pas déçue.

— On a une grosse affaire qui se présente. Très grosse. Vous avez été nommée directeur d'enquête et vous allez travailler conjointement avec le SRPJ[1].

— Je ne comprends pas, mon commandant. Moi et un gars de la police. Pourquoi ? s'étonna Charlie.

— C'est une requête de là-haut, dit-il en levant les yeux au ciel. Et on est bien d'accord que je ne parle pas de l'étage au-dessus.

— Mais de quoi s'agit-il ? J'avoue être un peu perdue. Si c'est un gros truc, pourquoi ce n'est pas la section de recherches qui s'en charge ? Ce sont eux les pros, non ?

— Écoutez, Meunier, je n'en sais pas plus. Un cadavre a été retrouvé dans un bled paumé dont j'ai oublié le nom. Les primo-intervenants ont fait leur taf, moi le mien, c'est remonté jusqu'aux autorités parisiennes et, comme d'habitude, c'est redescendu. Sur vous. Pas la SR[2]. Notre compagnie et notre BR[3], et donc vous. En même temps, ce n'est pas comme si vous étiez la novice qui débarque, vous venez de la SR. Vous connaissez la chanson. Vous serez appuyée par un gars du SRPJ, tout ce dont vous aurez besoin et quelques effectifs de la brigade territoriale, là-bas. Et comme on a un corps, euh, disons particulier, on a le doc de l'IML[4] qui est déjà en route. Ils vous attendent tous. Des questions ?

— Particulier ? C'est-à-dire ? demanda Charlie sur la défensive.

Il lui expliqua en détail de quoi il s'agissait. Elle haussa à peine un sourcil : elle avait pressenti que sa journée serait hors de contrôle, elle y était.

— Et sinon le bled paumé, c'est où ?

La réponse du commandant acta une chose : il était maintenant certain qu'elle ne rentrerait pas de bonne heure ce soir.

Chapitre 3

Le toit du château apparut à travers le brouillard. Toujours aussi majestueux et beau, quelques fenêtres éclairées indiquaient la présence d'habitants. *Il est vraiment splendide*, se dit-elle. Elle arrêta la voiture devant la grille du parc et sonna à l'interphone qui crépita.

— C'est moi.

La grille s'ouvrit sans bruit. Elle avança doucement dans l'allée de chênes centenaires. Des caméras étaient installées à intervalles réguliers. Elle savait que ce n'était qu'une infime partie de la sécurité mise en place sur le domaine, et le système de surveillance était digne de la Maison-Blanche. Elle ne savait pas tout, mais se répétait que c'était bien suffisant. Elle se gara devant le perron du château, descendit de sa voiture et monta les quelques marches. La porte s'ouvrit avant qu'elle n'eût le temps de frapper.

— Bonjour, mademoiselle, comment vous portez-vous ce matin ?

— Bien, je vous remercie Charles, et vous ?

— Je me porte à merveille, merci mademoiselle.

Charles était une sorte de majordome, de valet à l'anglaise. Il était responsable de toute l'intendance du château, ce qui représentait une importante charge de travail, notamment lors des réunions annuelles. Depuis des années qu'elle le côtoyait, ils n'échangeaient que des banalités. Il avait ce charme suranné très britannique et affichait une discrétion maladive. C'en était perturbant.

Elle n'avait aucune idée de la vie qu'il menait en dehors de cette maison. Était-il marié, avait-il des enfants, d'où venait-il ? Elle rentra dans le château et parcourut des yeux l'immense entrée et son magnifique parquet de chêne à la française. Elle suivit Charles qui gravissait l'escalier aux pierres blanches et au garde-corps en fer forgé, desservant un premier étage à la décoration classique et épurée. Seuls quelques lustres de cristal et des peintures flamandes apportaient un faste aristocratique. Le parquet du couloir craquait sous leurs pieds, et seul ce bruit les accompagna jusqu'au bureau du maître des lieux. Le valet lui ouvrit la porte, s'écarta pour la laisser passer, puis referma derrière elle. Le bois et l'odeur de cire prédominants dans cette vaste pièce l'accueillirent.

Elle s'avança vers le bureau où était penché un homme d'une soixantaine d'années. Il avait les cheveux argentés et était d'une pâleur surprenante. Il portait un costume sombre parfaitement coupé qui soulignait son corps encore svelte.

— Alors ? dit-il sans même lever les yeux vers elle.

— Oui, j'ai été contactée, nous sommes désignées toutes les deux.

— C'est une occasion en or, ne la manquez pas, enchaîna-t-il.

Elle posa un regard inquiet sur lui. Il semblait préoccupé et la fatigue se lisait sur son visage, soulignant davantage ses rides qui pourtant lui donnaient un certain charme. C'était un homme marqué par des années de travail et de combat. Il laissa passer quelques secondes, puis planta ses yeux dans les siens et lui intima d'être prudente.

Il replongea dans ses affaires comme si rien ne s'était passé. Elle ressortit du château sans apercevoir Charles, reprit sa voiture, quitta le parc et s'arrêta un moment pour réfléchir alors que la grille se refermait. Elle espérait qu'ils avaient raison, qu'ils ne s'étaient pas trompés. Le GPS dans lequel elle entra sa destination lui indiqua l'itinéraire. Un long voyage l'attendait, mais au fond, cela lui plaisait. Elle aimait rouler vite et longtemps. Se concentrer sur sa conduite laissait son cerveau au repos. Et elle adorait sa voiture, choisie pour son confort et sa capacité à avaler des kilomètres d'asphalte en toute sécurité. Elle démarra en trombe, faisant crisser les pneus sur la route et gicler des gravillons tout autour du véhicule, accéléra encore et s'engouffra sur la départementale qui traversait la forêt. La seule chose qu'elle craignait, plus que la police dont elle faisait son affaire, était qu'un animal surgisse devant elle et vienne troubler sa progression.

Chapitre 4

La route cernée de bâtiments et de béton, à la linéarité parfaite, laissa la place à un ruban d'asphalte plus rugueux et sinueux. Charlie prit son temps. Elle détestait conduire, de surcroît sur ces petites départementales de campagne tortueuses et glissantes. Cette lenteur n'était pas du goût de ces automobilistes imprudents, qu'elle insultait copieusement alors qu'ils la doublaient, en klaxonnant parfois. Le trajet lui sembla interminable malgré la faible distance à parcourir. Elle se traînait depuis bientôt une heure lorsqu'elle aperçut le panneau d'entrée du village.

— Une plombe pour arriver jusque-là ! marmonna-t-elle.

Elle traversa la bourgade, lieu de passage obligé de ceux qui rejoignent les grands axes. Quelques personnes s'agitaient à l'entrée du bistrot, rendez-vous des retraités et des chasseurs. Charlie suivit les indications données au téléphone par un certain Martinez, adjudant-chef au sein de la brigade territoriale. Deux kilomètres après le centre du village, elle traversa une campagne alternant champs labourés et bois touffus, puis s'engagea sur un chemin goudronné défoncé qui laissa bientôt la place à des graviers. Au loin, en bordure de forêt, elle distingua des véhicules de gendarmerie sérigraphiés et un VSAV[5]. *Pourquoi tant de monde ?* se dit-elle d'un air inquiet.

Un gendarme en uniforme vint à sa rencontre.

— Vous avez déclenché le plan ORSEC ou quoi ? lui lança-t-elle à peine descendue de sa voiture. Pourquoi les pompiers ? La victime était vivante ?

Stoïque, il ne répondit pas au trait d'humour de sa collègue et se présenta :

— Adjudant-chef Michel Martinez. Je suis le gradé d'astreinte. La personne qui a découvert le corps a appelé le 18, elle n'était pas sûre de ce qu'elle avait vu et en plus elle a fait un malaise.

Il indiqua à Charlie le chemin de galets face à eux, au bout duquel se trouvait le corps de la victime. Avant de se rendre sur les lieux, elle se concentra sur les alentours en enfilant son brassard estampillé « Gendarmerie ». Outre l'ambulance des pompiers et les véhicules de service, il y avait la foule des grands jours derrière le cordon de sécurité. *Le sang coagulé attire toujours autant*, se dit-elle. Elle remarqua à quelques mètres de là un homme habillé en tenue de chasseur, treillis vert et orange fluo, qui crachait sur un gendarme désespéré.

— Ça, c'est qui ? s'enquit-elle en désignant de la tête l'homme orange fluo.

— C'est le propriétaire des terres où on a trouvé le corps, Xavier Seirgalal. Il possède la forêt et la truffière à côté, répondit l'adjudant-chef. Visiblement, il n'est pas content que l'on vienne investir son territoire. Il est connu dans le coin pour son caractère ombrageux. Les pompiers le connaissent bien et nous ont dit de nous méfier.

— Nous méfier de quoi ?

— Il est virulent et connu, soupira l'adjudant-chef. Sa famille est issue de la bourgeoisie locale. Son père siège au conseil départemental.

Ils s'approchèrent de l'homme en question et sa voix leur parvenait maintenant distinctement. Il vociférait et gesticulait comme un beau diable contre le jeune gendarme qui ne savait comment le calmer.

— Je fais quoi, là ? J'attends combien de temps ton chef ou ton sous-chef ? J'en ai plein le dos d'attendre. Et quand est-ce que vous allez tous dégager de mes terres ?

— Le directeur d'enquête va arriver, monsieur Seirgalal. Je vous demande de retourner derrière le cordon de sécurité, s'il vous plaît, supplia le gendarme.

— Monsieur Seirgalal, coupa Charlie, assez fort pour que tout le monde puisse l'entendre.

Il se tourna vers elle en la toisant du regard. Il émanait de lui une arrogance et une suffisance que Charlie avait malheureusement déjà rencontrées à maintes reprises.

— Capitaine Meunier, je suis chargée de l'enquête. Calmez-vous, vous n'êtes pas à la fête foraine ici. Sinon je vous coffre pour obstruction à la justice et agression sur un dépositaire des forces de l'ordre. Est-ce que cela vous parle ?

Devant son silence, elle se tourna vers l'adjudant-chef :

— Quand il sera calmé, on reviendra discuter avec lui. Maintenant, expliquez-moi tout, dit-elle en s'avançant sur le chemin.

— Madame Langlat Paulette a trouvé un corps à l'orée de la forêt. Elle a paniqué et a appelé les pompiers, ne sachant pas vraiment ce qu'elle avait vu. Et ils nous ont prévenus quand ils ont découvert le corps. J'ai tout de suite fait un compte-rendu au commandant de compagnie qui a activé les renforts et vous, capitaine.

— Est-ce que quelqu'un a touché le corps ?

— Non. Les pompiers ont essayé de ne pas piétiner les lieux.

— Les TIC[6] sont arrivés ? Et le légiste ? demanda-t-elle en se retournant vers les voitures garées en contrebas.

— Non, pas encore. Ils ne devraient plus tarder maintenant. J'en profite, capitaine, mais tout le monde s'interroge. Pourquoi c'est vous le directeur d'enquête, et non la section de recherches ?

— C'est une très bonne question, que j'ai déjà posée et à laquelle je n'ai pas reçu de réponse. Nous sommes au même niveau d'informations. Tout ce que je peux vous dire, c'est que le proc a décidé que ce serait une enquête conjointe avec la police. Cosaisine. Ordre de là-haut. Un gars du SRPJ a dû être prévenu, il doit arriver lui aussi.

Tout en parlant, Charlie et l'adjudant-chef continuaient d'avancer. Ils avaient recouvert des surchaussures, même s'ils savaient que plusieurs personnes étaient déjà passées. Arrivés sur les lieux, en surplomb du chemin, ils aperçurent des pieds à la lisière de la forêt. Ils se rapprochèrent pour voir le corps.

Charlie commença à l'examiner et scruta les alentours, pour établir les premières constatations. De loin, pour ne pas polluer la scène. Elle prit des clichés du corps et du périmètre avec son téléphone portable. Les techniciens feraient de même, mais elle avait l'habitude de prendre ses propres images.

— Martinez, vous avez fait une reconnaissance dans quel périmètre autour du corps ?

— Cent mètres pour l'instant, mais on ne pourra pas faire mieux avant la nuit.

Charlie se colla au ruban de signalisation délimitant la zone pour observer la scène plus attentivement. Devant elle gisait le corps d'une femme âgée. Nue. Ses mains et sa tête n'étaient plus là et elle ne les voyait pas à proximité. Malgré l'ombre des chênes, il lui sembla qu'elles avaient été sectionnées net. La victime était sur le dos, ses bras positionnés le long de son maigre corps, comme si elle dormait. Ses seins présentaient des plaies profondes. Les grandes lèvres de son sexe étaient reliées, cousues avec un fil de laine, lui semblait-il. Charlie s'accroupit pour avoir une meilleure visibilité. Apparemment, le corps ne présentait pas de signes distinctifs, tatouages ou taches de naissance, mais elle aperçut une cicatrice sur le ventre. Elle ne s'approcha pas plus, mais mourait d'envie de le toucher pour constater une éventuelle rigidité cadavérique. Son intuition lui souffla que les indices médico-légaux ne seraient pas nombreux. La femme paraissait morte depuis quelques jours et la présence de lividités sur la face antérieure des cuisses ne signifiait qu'une seule chose : elle n'avait pas été tuée ici. Charlie jura intérieurement.

En se relevant, elle distingua en bas du chemin le véhicule des TIC. Les deux gendarmes descendirent pour les accueillir.

— J'espère que vous n'avez pas prévu de prendre de vacances dans les prochains jours, Martinez, parce que là, nous ne sommes pas sortis de l'auberge. C'est mon mari qui va être ravi.

— Non, rien de prévu, capitaine, lui répondit-il en esquissant un faible sourire.

Chapitre 5

Charlie reconnut Sébastien Petit, l'adjudant responsable de l'équipe des techniciens de l'identification criminelle. Elle le connaissait bien. *Une bonne chose*, pensa-t-elle. Elle leva la main pour qu'il la voie.

— Il paraît que vous nous attendez avec impatience pour la levée du corps. La doc est arrivée en même temps que nous. Elle est en train de prendre ses affaires. Si elle est là, c'est du lourd, c'est ça ?

— Je crois que tu n'as pas dû voir ça souvent, lui dit-elle.

— On va s'installer et mettre les projos pour y voir mieux.

Sébastien et son équipe se préparèrent en quelques minutes. Ils étaient recouverts de la tête aux pieds d'une combinaison blanche en polypropylène, de lunettes de protection, de deux paires de gants, de surchaussures et d'un masque de protection.

— Vous mettez tout l'attirail, même en extérieur ? demanda Charlie un peu surprise.

— Écoute, tu me connais, pas de *On est en extérieur, alors bon.* Non. Je ne vais pas te raconter les anecdotes malheureuses sur les pollutions ADN. Je préfère que tout soit nickel. Et si tu touches quoi que ce soit, tu mets deux paires de gants.

Ils montèrent le chemin avec tout le matériel.

— On est partis pour le gel des lieux, tu diras à la doc de nous rejoindre.

La capitaine se tourna vers l'adjudant-chef toujours à ses côtés.

— Je vous préviens, la légiste est un peu spéciale.

Il regarda dans sa direction et, de loin, elle lui paraissait tout à fait normale. Certainement proche de la retraite, mais normale. En revanche, sa mallette semblait lourde et il se précipita pour l'aider.

— Attendez, docteur, je vais vous filer un coup de main.

— Je ne suis pas encore bonne pour la tombe, je vais me débrouiller, lui répondit sèchement la légiste.

Charlie grimaça devant l'air dubitatif de son collègue. La Dr Ludivine Periot, les mains sur les hanches, regarda autour d'elle en hochant la tête. Elle se tourna vers la capitaine qui la salua.

— Ah Meunier ! C'est la cambrousse ici. Comment ça se passe pour toi, maintenant ? Ça ne te manque pas la SR, la grande ville et tout le truc ?

Sans lui laisser le temps de répondre, la légiste désigna du menton les voitures des gendarmes et les badauds alentour.

— Qui est mort ? Un ministre ? Un ancien Président ? Les tics et tacs sont là, j'espère, on ne va pas y passer la journée.

— Ils sont là, ils ont attaqué le boulot, répondit la capitaine en se dirigeant vers les techniciens.

En arrivant à hauteur de la victime, la légiste resta sans voix, une mimique de sifflement sur le visage.

— Vous avez déjà vu un truc similaire depuis que vous êtes dans la région ? l'interrogea Charlie.

— Jamais.

Ludivine Periot s'habilla alors que les techniciens finissaient de prendre les clichés du site et recherchaient des éléments susceptibles d'être prélevés. De petits cavaliers jaunes numérotés étaient semés tout autour du corps.

— C'est bon pour nous, doc, vous pouvez y aller, lui dit Sébastien.

La légiste s'approcha du corps et commença son examen par une prise de la température ambiante.

— Bien, sans trahir un secret, la tête et les mains ne sont plus là, dit-elle. Sectionnées net, je dirais par une guillotine ou quelque chose de similaire. Pour couper une tête, il faut quand même un minimum de force.

Elle prit un bras dans une main.

— Pas de rigidité cadavérique ni de traces de putréfaction. Je vais prendre la température rectale pour avoir une estimation de l'heure de la mort. Je ne vois pas de débris sur les plaies et j'ai l'impression que la pluie d'hier a tout nettoyé. Vous sentez ?

Charlie ne perçut rien de particulier. À peine était-elle dérangée par l'odeur du corps, le faible vent du Nord apportant des effluves du sous-bois. La légiste se pencha sur le cadavre et le toucha quasiment avec son nez, en reniflant bruyamment.

— L'odeur du détergent. Il l'a nettoyée, c'est sûr.

— Nettoyée ? répondit l'adjudant-chef étonné. Mais pour quoi faire ?

Elle le toisa comme s'il avait proféré une énorme connerie.

— Alors, première option, il est complètement barge et maniaque dans le sens Monsieur Propre, tout doit être nickel, même ses morts. Ou bien, c'est une contre-mesure médico-légale. Dans ce cas, pas d'indice, pas d'ADN. Et puis sans tête pas de dents, sans mains pas d'empreintes !

— Parce que, maintenant, les tueurs pensent aux contre-mesures médico-légales ?

Une nouvelle fois, la légiste le regarda de travers.

— N'importe quel crétin avec deux neurones qui regarde *Les Experts* à la télé sait qu'il ne doit pas laisser ses paluches et sa semence partout où il passe !

Elle se releva et commença à évoquer ses souvenirs :

— Un jour, j'ai eu un cas de viol en série. Le mec s'était épilé de la tête aux pieds pour ne pas laisser traîner son « nadéen » comme il a dit aux flics. Il n'avait pas l'air de savoir ce que c'était, mais il avait compris qu'il ne devait laisser aucune trace là où il passait.

— Pour en revenir à notre victime, les lividités sur la face antérieure des cuisses confirment qu'elle n'est pas morte ici. Et elles ne sont pas très importantes à cause de l'exsanguination, c'est ça doc ? questionna Charlie.

— T'as raison, Meunier. Après l'avoir décapitée, elle s'est vidée de son sang et elle a dû rester en position allongée sur le ventre. Avec tout le sang perdu, les lividités sont moins importantes, mais il en reste toujours un peu dans les tissus. De plus, elles sont fixées.

Elle appuya ses doigts sur les cuisses de la victime pour illustrer son propos.

— Elles ne disparaissent pas sous la pression des doigts. Ça fait au moins vingt-quatre heures qu'elle a été décapitée.

— La victime se vide de son sang, puis le tueur lave le corps quand les rigidités ont commencé à disparaître ? Ce serait ça, le déroulé ? s'interrogea Charlie.

La légiste s'accroupit à nouveau près du corps en observant les plaies au niveau de ses poignets.

— Pour la rigidité, je ne sais pas. S'il l'a bougée après la douzième heure de sa mort, la rigidité ne s'est pas reconstituée.

Elle se tourna vers Sébastien et ajouta :

— On regarde au Polilight[7] et tu fais des prélèvements au cas où. Après, on la retourne.

Projecteurs éteints, les différentes longueurs d'onde de la lampe ne révélèrent rien aux enquêteurs. Sébastien, en enlevant ses lunettes, soupira. Ils retournèrent le corps sur le sac mortuaire pour examiner le dos. Des feuilles mortes s'y étaient collées et des traces de boue le recouvraient. Tout ce qui se trouvait sur le corps fut prélevé, alors que la légiste regardait attentivement si quelque chose attirait son regard. Avant d'utiliser sa sonde intrarectale, elle tenta de relever d'éventuelles violences anales ou vaginales.

— *A priori*, pas de viol. Je confirmerai à l'autopsie, dit-elle.

Elle nota la température rectale pour procéder à des calculs lui permettant d'estimer l'heure de la mort. L'adjudant-chef l'informa que la température nocturne n'était pas descendue en dessous de 10 °C.

— Je ne suis pas convaincue de pouvoir te donner un délai *post mortem*, Meunier, mais vu l'état du corps, je dirais que ça fait déjà plus de vingt-quatre heures qu'elle est décédée. À voir à l'ouverture.

Charlie n'était de toute façon pas persuadée que connaître l'heure présumée de la mort puisse les aider dans leur enquête.

Il faisait de plus en plus sombre mais les projecteurs éclairaient le corps comme en plein jour et, de loin, cette scène paraissait surréaliste.

En retirant au fur et à mesure les débris de son dos, Sébastien crut voir apparaître quelque chose. Il se figea et suspendit son geste.

— Qu'est-ce que c'est que ce truc ?

Tout le monde se focalisa sur lui.

— Quoi ? demanda la légiste.

— Vous ne voyez pas un truc rouge, là ?

Sébastien lui désigna le milieu du dos entre les deux omoplates.

— Ah oui. De mieux en mieux.

— Je dégage davantage. On dirait un rond rouge, dit Sébastien.

— C'est bien ça ! Un gros rond rouge, de la peinture, lui répondit la légiste.

Un technicien prit un cliché du dessin et réalisa un prélèvement. Charlie fit de même, elle aurait toutes les photographies nécessaires pour la rédaction de son rapport d'enquête. Cette découverte ajouta de l'incompréhension et elle eut l'impression d'être en plein film hollywoodien sur les tueurs en série. La docteure lut dans ses pensées.

— Ma pauvre Meunier, la réalité dépasse parfois la fiction. Direction l'IML.

Plus personne ne parla. Les derniers prélèvements furent réalisés alors que les nuages assombrissaient ce bout de forêt éclairé de soleils artificiels et cerné par des rubans jaunes claquant au vent qui se levait.

Chapitre 6

La légiste repartit à l'IML et Charlie attendit le départ des autres intervenants pour rentrer chez elle et embrasser sa fille. Plongée dans ses pensées, elle regarda Sébastien et son équipe ranger leur matériel, quand un gros 4×4 gris arriva sur les lieux en soulevant la poussière du chemin déjà asséché de la pluie de la veille.

Ils fixèrent l'engin et s'interrogèrent du regard. À l'entrée du cordon de sécurité, ils virent une main sortir de la vitre baissée, et une carte d'identité se déplia sous les yeux du gendarme de faction. De loin, ils distinguèrent une carte de police.

La capitaine ne s'attendait pas à ça. Le gars du SRPJ qui descendit du 4×4 était finalement une fille, trentenaire, petite et trapue avec des cheveux noirs coupés très court. Des yeux bleu foncé éclairaient son visage de porcelaine.

— Waouh ! Elle est fraîche, la fliquette ! s'exclama Sébastien.

Charlie se tourna vers lui et leva les yeux au ciel, sans faire aucun commentaire. Elle s'approcha de sa collègue.

— Vous êtes du SRPJ ? Capitaine Charlie Meunier de la brigade de recherches, dit-elle en se présentant et en tendant la main vers sa collègue.

— Capitaine Amy Jones. J'arrive trop tard ?

— Vous avez loupé la levée du corps. Voici l'adjudant Sébastien Petit, responsable de notre équipe de techniciens de l'identification criminelle. Très doué ! ajouta-t-elle en faisant un clin d'œil à l'intéressé.

— Capitaine Jones, enchanté, dit Sébastien en lui serrant la main. Dites donc, vous êtes américaine ? Vous avez des nom et prénom très anglophones ?

Elles le regardèrent en biais sans réagir à sa remarque. Il leur sourit en les saluant et rejoignit son véhicule tout en marmonnant. Charlie se tourna vers sa collègue.

— J'ai des photos si vous le souhaitez. Je vous fais un point ?

— Je veux bien, la remercia Amy en la dévisageant.

La capitaine Jones ne parut pas particulièrement émue par les clichés. Elle posa quelques questions tout en restant sur la réserve, peu encline à la discussion. Charlie ne se vexa pas de cette distance, mais ressentit un léger malaise. Les deux femmes restèrent seules, enveloppées par la pénombre, les phares du 4×4 modelant leur ombre sur les cailloux du chemin. Les curieux avaient regagné leurs pénates, repus de l'odeur ferreuse qu'ils avaient cru sentir et du malheur qui ne les avait pas touchés. L'équipe de l'adjudant Sébastien Petit et les gendarmes locaux avaient rejoint leur famille pour un répit de courte durée.

Alors que Charlie terminait ses explications, la capitaine Jones, sans prononcer un seul mot, posa la main sur son arme, puis la sortit de son holster sans aucun geste brusque. Puis elle la tint, bras tendus, le canon pointé vers le sol. La gendarme ne dit rien, chercha une explication à ce comportement, puis l'imita et se recula de quelques pas, les mains crispées sur la crosse de son Sig Sauer. Amy fit alors un mouvement de tête vers la forêt longeant le chemin. Charlie scruta les alentours sans perdre des yeux sa collègue. Un bruit lui parvint et, au milieu des arbres, elle aperçut une lueur. De concert, les deux enquêtrices avancèrent en direction de la lumière vacillante. Après quelques minutes de marche silencieuse, elles étaient assez proches pour distinguer la forme se tenant dans le halo. Elles s'arrêtèrent derrière l'homme accroupi. Vêtu d'une veste kaki et d'un treillis rentré dans des bottes en caoutchouc, tenant un fusil en bandoulière, il semblait gratter le sol à la lumière d'une lampe frontale. En entendant un craquement derrière lui, l'homme se releva et se tourna vers les jeunes femmes. Charlie en profita pour allumer sa torche et l'éblouir, et la capitaine Jones assena un *Police, ne bougez plus !* sonore. Il chancela et renversa le panier en osier posé à ses pieds.

— Mais ça ne va pas bien ? J'ai failli faire une crise cardiaque !

— Qui êtes-vous ? Qu'est-ce que vous faites ici ? demanda la flic.

— Je ramasse des champignons, répondit-il en montrant son panier aux deux femmes qui le braquaient.

— Des champignons ? À cette heure-ci et avec un fusil ? Vous vous foutez de notre gueule, lui dit Charlie.

— Non, pas du tout. J'ai attendu toute la journée que tout ce monde ait déguerpi. C'est mon coin à trompettes, je fais des terrines en ce moment. Mais avec toutes ces bagnoles, et ces flics partout, j'ai attendu.

— Et le fusil ?

— C'est pour la bécasse. Au cas où. Au crépuscule, c'est là qu'on les cueille.

— Vous croyez que c'est une bonne idée de se balader ici alors que l'on a découvert un corps dans le coin ? dit-elle.

L'homme haussa les épaules. Il leur expliqua qu'il n'allait pas changer ses habitudes à cause d'un mort trouvé dans les bois.

— Des morts, il y en a tous les jours. Moi, j'ai mes terrines qui doivent être faites, alors j'ai besoin de trompettes.

— Vous n'avez croisé personne ? demanda Amy.

— Personne. À part des cochons.

Elle remit l'arme dans son étui, puis demanda à l'homme de décliner son identité. Charlie ne lâcha pas la sienne et tourna sur elle-même pour observer les lieux, leur conversation sur la recette des terrines en bruit de fond. Dans le silence de la forêt, par-dessus la discussion culinaire, elle entendit un bruit clair de craquement de bois et des crissements de pas réguliers sur les premières feuilles mortes. Elle avança vers ces bruits, son arme et sa torche dans les mains à hauteur de ses épaules. Ses boots s'enfoncèrent dans le sol humide. Plus elle avançait, plus les bruits se faisaient tenus, lointains. Mais ils étaient bien là. Alors qu'elle baissait les mains, une silhouette se cacha derrière un chêne. Elle s'immobilisa et pointa sa torche vers l'arbre. Rien ne bougea. Elle pencha la tête pour tenter de capter un son, une respiration. Ses cellules auditives ne perçurent rien. La gendarme attendit quelques minutes, à l'affût, mais rien ne vint troubler la tranquillité de la forêt. La voix du chercheur de champignons la sortit de son immobilité :

— Sûrement un cochon, lui dit-il avant de repartir à sa recherche.

La capitaine Jones s'approcha.

— Vous avez vu quelque chose ?

— Je suis certaine qu'il y avait quelqu'un. Là, derrière ce chêne.

— Vous voulez voir ?

— Il est parti, répondit-elle en rangeant son arme.

Amy n'obtint aucune autre information. Charlie ne partagea pas son intuition, certaine que le tueur était là, derrière le chêne, à les observer. Malgré la route pénible qui l'attendait, elle avait décidé de rentrer chez elle pour prendre du recul et se reposer. Elle espérait oublier l'horreur que sa rétine avait photographiée. Elle demanda à sa collègue ce qu'elle allait faire. La capitaine Jones lâcha un désinvolte *Pas de souci, je vais voir ça*, ne semblant pas inquiète de son devenir pour la soirée. Elle n'insista pas et prit soin d'échanger leurs numéros de téléphone. Elles se donnèrent rendez-vous dès le lendemain matin pour travailler sur l'enquête à la gendarmerie locale, puis se saluèrent sans autre forme de politesse.

Amy attendit quelques instants que la voiture de Charlie s'éloigne, le visage de marbre et le regard perdu dans le vide, comme plongée dans une intense réflexion.

Chapitre 7

L'odeur était omniprésente, prégnante. Occultant tous les autres sens de l'humain ou d'un quelconque animal qui s'aventurait dans cet antre. Elle prenait les sinus, la gorge et le nez, attaquait de toute part et imprégnait les chairs et les tissus, sans possibilité de lutter. Elle était presque vivante, palpable, le résultat de l'union d'une multitude de parfums. Ceux diffusés par le salpêtre des murs et les actinomycètes de la terre, mêlés à celui du fer de l'hémoglobine et de la viande avariée devenant gluante. S'y ajoutait l'odeur du banquet nutritif des bactéries de la peau quand elles se repaissent des coulées de sueur et de sang.

Se battre ou fuir : deux propositions que l'organisme s'offre grâce aux hormones du stress. Adrénaline et cortisol font tout pour que le corps puisse être capable de le faire. Se battre ou fuir. Quand aucun de ces deux choix n'est possible, l'entrave les annihilant, la panique prend le dessus, ajoutant son propre effluve à ce relent des enfers.

L'odeur de la mort. De la presque mort, de ce moment qui précède une fin violente, non désirée.

Sa tanière était une cave profondément creusée. Quelques fenêtres trouaient les murs épais de pierre, mais elles ne suffisaient pas à apporter une luminosité satisfaisante. Pourtant, l'homme ne semblait pas indisposé par cette atmosphère étouffante et malsaine. La détermination était la seule émotion qui l'habitait. Il était accaparé par sa mission.

Attablé à son bureau, il regardait fixement un poster scotché sur tout un pan de mur. Sur ce grand panneau blanc, réunissant plusieurs feuilles de format A3, se trouvait une sorte de schéma avec plusieurs couleurs, un plan d'action. L'élaboration de ce plan avait nécessité des années de préparation, depuis qu'il avait compris, appris qui il était.

Il semblait subjugué et un grand sourire troua son visage lorsqu'il songea au moment où il avait dessiné au marqueur rouge la première croix sur laquelle il se focalisait. Il savait que la police avait trouvé le corps. Le village résonnait des chuchotements des uns et des cris d'effroi des autres. La mise en scène qu'il avait écrite, comme une pièce de théâtre, lui plaisait bien. Et ils n'étaient pas au bout de leur surprise. Ou plutôt elles. Il les avait vues, ses adversaires, celles qui le pourchassaient.

Il repensa à cette première proie, se remémora ce moment inoubliable qui avait été le point de départ de son opération ici. Pour elle, ce fut facile.

Il l'avait trouvée dans la forêt, elle ne sortait pas souvent, mais la surveillance longue et laborieuse qu'il avait mise en place avait payé et il avait pu consigner ses habitudes depuis des mois. Elle se baladait en parlant toute seule, et portait une robe à fleurs datée et une sorte de parka kaki. Elle flottait dans ses vêtements, la maigreur de son corps se lisant sur ses joues creusées et sa peau fine, craquelée comme du vélin. Des bottes en caoutchouc complétaient le tableau de cette pauvre âme qui avait perdu la tête depuis bien longtemps. Il était arrivé vers elle doucement pour ne pas l'effrayer. De loin, elle s'était figée, n'ayant pas l'habitude de croiser quelqu'un dans cet endroit. Elle tenait dans ses mains des branches mortes et des feuilles, qu'elle serra contre son cœur à l'instant où elle l'aperçut.

Il lui parla calmement. Elle le regarda, à la fois intriguée et apeurée. Il eut la sensation étrange, qui dura une fraction de seconde, qu'elle le reconnaissait. Impossible. Elle ne le pouvait pas, cela faisait trop longtemps. Pourtant, tandis qu'il s'avançait, elle tendit sa main comme pour lui caresser la joue. Il hésita, mais continua à s'approcher jusqu'à la toucher. Elle plongea ses yeux dans les siens, leurs respirations semblaient s'être arrêtées, suspendues à l'attente du dénouement. Puis ses yeux devinrent plus sombres, comme s'ils s'éteignaient, comme si elle venait de repartir dans un lieu connu d'elle seule. Un endroit de terreur et de noirceur où elle vivait en permanence. Elle retira sa main qui avait à peine effleuré sa joue et se raidit en tremblant de peur. Elle allait ouvrir la bouche pour crier, mais il ne lui en laissa pas le temps et plaqua sur son visage un chiffon imbibé de chloroforme. Malgré son âge, elle trouva la force de se débattre quelques courtes minutes. Ses faibles muscles se contractèrent contre lui, puis il sentit son corps se relâcher et devenir un poids mort s'affaissant sur le sol. Il la porta sur ses épaules sans difficulté et rejoignit son véhicule où il la jeta comme si elle était déjà morte, tel du gibier déjà dépecé. Le trajet jusqu'à son repaire dura à peine une vingtaine de minutes. Elle était toujours évanouie quand il l'enferma dans ce qui ressemblait à une cage, petite cellule de terre battue entourée d'un grillage épais en acier, dernière demeure toute désignée pour une femme qui avait vécu recluse toute sa vie. Triste fin. Nécessaire au bon déroulé de son plan. Il décida d'en finir immédiatement. Il la drogua avec de la kétamine à dose de cheval. Fatale, certainement. Pas de souffrance pour ses dernières secondes d'existence, ce n'était pas son but. Après l'injection, il la transporta vers sa machine. Très pratique pour trancher en une seule fois, sans à-coups, des parties du corps qui, malgré la faiblesse des humains, étaient dures à couper. Surtout la tête. En la portant, il sentit la chaleur de son corps refluer. Sa vie ne tenait qu'à un fil, son cœur fatigué n'était plus assez fort pour lutter contre la drogue. Elle ne manquerait à personne. Elle n'avait pas d'existence réelle. Un peu comme lui, finalement. Il la posa à genoux, la tête et les mains au même niveau, sur des encoches taillées dans le bois. *Mais ça n'était pas une si bonne idée*, pensa-t-il. Le sang et le bois ne vont pas ensemble. En riant, il se dit qu'il n'allait pas s'en servir tous les jours. Il plaça ses cheveux longs et filasse sur le devant du crâne, hors de la zone de coupe, pour ne pas abîmer la lame qu'il avait mis des heures à aiguiser. Il ajusta la plaque de bois supérieure qui venait s'emboîter sur le cou et les poignets, même s'il y avait peu de chance que la malheureuse puisse bouger. Il se pencha vers elle et entendit sa respiration ralentir et devenir presque imperceptible. Il prit la corde en main et déverrouilla la lame. Il lâcha tout et se pencha rapidement pour être aux premières loges. La lame fendit l'air avec le bruit du vent qui siffle en s'insinuant sous une porte, puis s'abattit sur le cou et les poignets de la femme sans qu'aucun de leurs os ou de leurs tissus n'arrête sa course. Au moment où l'artère carotide fut tranchée, son cœur battait encore, suffisamment pour que la pression permette au sang de gicler autour de la plaie. Il était à hauteur de la tête, observant l'œuvre de sa machine, quand il reçut sur son visage quelques gouttes de ce précieux liquide de vie. Il sentit la chaleur de ces gouttelettes se dissiper rapidement sur sa peau, leur odeur monter jusqu'à ses narines et leur goût inonder son cerveau, quand, en passant la langue sur ses lèvres, elles allèrent stimuler ses bourgeons gustatifs. Le goût du sang. La tête et les mains de la femme tombèrent et le corps agité de soubresauts glissa à terre, puis s'affala sur le ventre, le sang sortant des artères en petits jets bouillonnants. Il la laissa dans cette position toute une journée, le sang finissant de s'écouler sur le sol en terre et sur son corps. Puis il la déplaça jusqu'à une table pour bien la nettoyer et la déposa dans les bois, de nuit, pas plus tard que la veille. Il fit quelques entailles ici et là sur ses seins et un peu de couture pour parfaire son travail. *Va savoir ce que les flics imagineraient*, avait-il pensé.

Chapitre 8

Charlie passa une soirée tranquille en famille, sans penser à l'enquête. Elle essayait de ne pas polluer le cocon familial avec son métier. Le cloisonnement était essentiel, même si elle savait que parfois, cette membrane protectrice devenait poreuse. Au fur et à mesure qu'une enquête avançait, elle pouvait y penser de temps en temps, même chez elle, impactant ainsi indirectement sa vie de famille.

Elle ne dormit que quelques heures, quelques minutes lui sembla-t-il, quand son portable vibra et sonna d'une force qui lui parut décuplée par les brumes du sommeil. Charlie sursauta et, selon son rituel matinal, balaya de son bras le dessus de sa table de nuit. Son téléphone valdingua contre le mur et rebondit sur l'épais tapis de laine tout en continuant à sonner. Un *Putain !* sortit de sa bouche, tel un mantra, avant qu'elle ne réalise ce qu'il se passait.

— C'est ton téléphone ! grogna son mari.

La sonnerie cessa un instant pour reprendre de plus belle. Cette insistance lui parut de mauvais augure, aussi s'empressa-t-elle de récupérer l'appareil. Elle décrocha *in extremis* et essaya de contenir sa mauvaise humeur.

— Capitaine Meunier, désolé, c'est l'adjudant-chef Martinez, on s'est rencontrés hier... On a trouvé un autre corps, murmura-t-il.

— Quoi ? Vous déconnez ! lança-t-elle tout en se levant d'un bond.

— Non. Un homme, cette fois. Il a encore ses mains et sa tête, mais il lui manque ses parties génitales.

— De mieux en mieux. J'arrive et, en attendant, vous pouvez sonner le rappel des mêmes troupes qu'hier.

Charlie se prépara en silence, perdue dans des pensées pessimistes. Elle se demandait sur quels chemins tout ceci allait les mener, son intuition lui susurrait qu'ils seraient sombres et tortueux.

La route défila sous ses yeux. Le soleil n'avait pas encore fait le grand saut, mais la nuit commençait à mourir sous les phares de la voiture. Malgré son impatience, la capitaine Meunier roula prudemment sur les départementales encore moins sûres à cette heure matinale.

Arrivée sur les lieux, elle appela l'adjudant-chef Martinez qui l'orienta vers la scène du drame. Elle l'aperçut enfin avec la capitaine Jones près d'un champ. Il vint à sa rencontre, et Charlie put lire sur son visage le questionnement et l'incrédulité qui s'étaient emparés de lui.

— Capitaine. C'est un joggeur qui a découvert le corps. Il est là-bas dans le petit ravin qui longe le champ, lui expliqua-t-il tandis qu'ils s'engageaient sur le chemin qui partait de la route départementale et menait aux terres cultivées.

— Qui fait un jogging à cette heure, la nuit quoi ?

Au loin, elle vit le joggeur en question, en tenue colorée, lampe frontale toujours en place, assis sur un caillou avec à ses pieds un pompier qui lui prenait la tension.

— C'est dingue, cette histoire, on n'a jamais vu ça ici.

— Maintenant, on ne pourra plus le dire.

Tout le monde était là. Mêmes personnes, configuration guère différente.

Vêtue de sa combinaison, la Dr Ludivine Periot observait déjà le corps nu d'un homme, étendu à plat dos au fond du ravin. Elle leur fit un premier compte-rendu. Pas grand-chose, si ce n'est qu'il avait été émasculé.

— Ce n'est pas commun. Deux corps mutilés à la suite, c'est du jamais-vu.

Charlie, dans un état second, entendit les propos de la légiste, mais de façon lointaine, comme si elles étaient séparées par une paroi de coton. Toujours focalisée sur le corps, la capitaine photographia la scène avec son portable. La victime gisait au milieu des herbes encore vertes malgré le début de l'automne. L'ablation de ses testicules et de son pénis laissait une plaie large et conférait au corps une allure surréaliste. Les tissus étaient boursouflés et du sang coagulé pendait à certains endroits comme des gouttelettes de gelée. Il était disposé de la même façon que la précédente victime, sur le dos, les bras le long de son corps et les jambes alignées. Des lividités étaient présentes, mais ses muscles ne montraient aucune rigidité cadavérique. Charlie semblait toujours ailleurs, aspirée dans un vortex de pensées confuses.

— Meunier ? T'es avec nous ? Oh capitaine, reviens parmi les vivants.

La légiste posa sa main sur son épaule et la secoua sans ménagement en lui parlant.

La capitaine Meunier sortit de sa transe en regardant la légiste froncer les sourcils d'un air inquiet.

— Désolée, je réfléchissais, avoua-t-elle.

Tout le monde la regarda. Son sang retrouva enfin le chemin des capillaires de son visage. La capitaine Jones sortit de son mutisme et s'adressa discrètement à Sébastien :

— Elle est souvent dans cet état de transe ?

— Si vous voulez dire concentrée, oui, je l'ai déjà vue comme ça. Sur plusieurs enquêtes. Ça lui réussit bien, elle pense toujours à des trucs auxquels personne n'avait songé, ajouta-t-il.

Amy, intriguée, reporta son attention sur sa collègue.

Charlie parlait toujours avec la légiste et ce qu'elle lui disait n'était pas concluant concernant les indices médico-légaux. De nombreuses plaies sur le corps étaient présentes, ainsi que des piqûres et des brûlures de cigarettes. Mais comme pour la première scène de découverte, rien n'avait pu être prélevé, excepté les débris se trouvant là où le corps gisait. Juste du sang sur les plaies et ce qu'il y avait sous les ongles, c'est-à-dire pas grand-chose. En retournant le corps, ils découvrirent un symbole peint, certainement à la peinture rouge, dans son dos. Un carré. Après un rond sur la première victime, un carré.

— Ces deux symboles m'évoquent les arbres que les généticiens dressent pour expliquer et comprendre les transmissions des maladies. Ça ne vous dit rien ?

Les trois enquêteurs la regardèrent d'un air interrogatif. Charlie haussa les épaules comme pour signifier leur incompréhension. La légiste leur fit un rapide cours sur le fameux arbre génétique dont elle parlait. Des ronds pour les femmes et des carrés pour les hommes. Ils peuvent être reliés entre eux lors d'une union pour voir leurs descendances et les éventuelles maladies.

— Je ne peux rien te dire de plus pour l'instant, Meunier. Je t'attends à l'IML pour les autopsies.

Charlie se tourna vers Sébastien qui s'apprêtait à enfermer les mains dans des sacs en papier kraft.

— Tu me passeras les paluches au fichier ? Il faudrait également analyser les empreintes génétiques des deux victimes, pour les comparer et demander une recherche de parentèle dans le FNAEG[8]. J'espère que nos arguments avec les ronds et les carrés suffiront pour avoir l'autorisation de faire ces analyses.

Après ce que venait de leur expliquer la légiste, Charlie espérait découvrir un lien génétique entre les deux victimes.

Comme la veille, le tourbillon de combinaisons blanches et d'uniformes bleus finit par se calmer totalement. Tout le monde repartit, le corps à l'IML, les équipes de l'identification criminelle à leur laboratoire et les gendarmes à leur brigade. Les deux capitaines et l'adjudant-chef se concertèrent sur la suite de leur enquête. Ce dernier, resté silencieux jusque-là, prit son carnet pour faire un point avec les deux femmes.

— Alors, nous savons qui l'a trouvé et où on l'a trouvé, pour le reste, je...

Charlie tiqua sur ses propos. Elle l'interrompit :

— Quand vous dites *où on l'a trouvé*, vous voulez dire quoi exactement ?

— C'est drôle, mais le terrain où la deuxième victime a été découverte appartient à la famille du type de la dernière fois, vous savez, celui qui gueulait devant tout le monde, Seirgalal.

— Vous voulez dire que tout ça, dit-elle en balayant l'horizon de sa main, c'est à lui et sa famille. Et l'autre terrain aussi ?

— Oui.

— Est-ce qu'il possède beaucoup de terres comme ça sur la commune ?

— Il faudrait voir au cadastre, il me semble que ce sont de gros propriétaires terriens.

Amy se tourna vers Charlie pour savoir ce qu'elle avait en tête.

— Vous pensez qu'il peut y avoir un lien ?

— Je trouve curieux que ce type revienne dans la danse par l'intermédiaire de ses terrains. Deux fois, c'est probablement une coïncidence, mais pour l'instant, tant que rien ne sort de la scientifique et de la légiste, il faut bien commencer par quelque chose.

— On le convoque quand même ? demanda Martinez.

— Non. Je veux en savoir plus sur cette histoire de terres.

Ils rentrèrent à la brigade et s'installèrent dans la salle aménagée pour l'enquête. Charlie se posa sur un des fauteuils et, s'accoudant à la table, leur exposa le plan qu'elle avait échafaudé quelques minutes auparavant :

— En attendant les empreintes génétiques et l'autopsie, on va passer au crible les déclarations de disparitions inquiétantes. Jones, vous vous en occupez ?

La flic acquiesça.

— Je vais contacter le GNIC[9] de Gramat. On va délimiter une zone pour la faire sniffer à nos chers toutous. Et dès que la légiste est OK, on y va. Est-ce que c'est bon pour tous les deux ? demanda Charlie.

Elle n'attendit pas leur réponse et se leva.

— Martinez, vous venez avec moi. Allons rendre une petite visite à l'urbanisme.

Chapitre 9

Elle répondit dès la première sonnerie. La voix familière du vieil homme lui demanda aussitôt :

— Alors ?

— Pour l'instant, rien. Je n'en sais pas plus. C'est trop tôt.

— Mais vous pensez que cela pourrait correspondre ?

— J'ai noté quelques éléments étranges, mais rien de concluant pour l'instant. En revanche, la ressemblance est troublante. Il n'y a aucun doute sur ce point.

— Quand aurez-vous davantage d'informations ?

— Il me faut plus de temps.

— Faites au mieux.

Elle raccrocha et, en regardant son téléphone, des pensées négatives l'assaillirent. Sa mission lui parut soudain insurmontable. Comment allait-elle faire ? À vrai dire, elle n'avait élaboré aucun plan.

Chapitre 10

La secrétaire de mairie les accompagna jusqu'au service de l'urbanisme. Elle leur posa de nombreuses questions afin d'assouvir sa curiosité.

Avec ce genre de personnes, Charlie appliquait une méthode qui fonctionnait très bien. Le silence. Total. Ni oui, ni non, ni hochement de tête, rien. L'enfermement. Pourtant, cette fois-ci, elle dut bien avouer qu'elle avait affaire à une championne. L'adjudant-chef semblait au bout du rouleau, devant le flux continu de paroles de cette femme. Charlie n'eut d'autre choix que de sortir de sa réserve.

— Madame, vous vous doutez bien que nous ne répondrons à aucune de vos questions. Pour la bonne et simple raison que cela ne vous regarde en rien. J'ai toutefois noté que vous semblez au fait de beaucoup de choses dans ce village. Alors, si j'ai besoin de commérages ou d'en savoir plus sur telle ou telle personne, je serai ravie de vous convoquer à la brigade. Ainsi, vous participerez activement à l'enquête.

Alors qu'elle restait avec eux devant le bureau de l'urbanisme, pensant que sa présence passerait inaperçue, Charlie lui signifia froidement qu'ils n'avaient plus besoin d'elle. L'information sembla mettre un moment pour arriver au niveau cortical, puis la secrétaire fit demi-tour et retourna à son bureau. La gendarme n'en revenait pas de cette sans-gêne. L'adjudant-chef ne fit aucun commentaire et se contenta de soupirer.

Ils apprirent au service de l'urbanisme que la famille Seirgalal possédait la moitié du village ainsi que des terres agricoles s'étendant sur les communes alentour. Il s'agissait d'un panel de milliers d'hectares de polyculture. Les plus rentables étaient les vignes. Et les truffières. Il y avait bien sûr des biens immobiliers, dont un manoir toujours habité par la famille. Bien assez pour déposer des cadavres.

Charlie flaira un truc lié à ces terrains. Ou à ceux qui les possédaient.

La personne qui les avait renseignés ne connaissait pas l'historique de la famille. Elle était dans la région depuis peu et ne pouvait pas leur raconter la genèse de ce patrimoine. Charlie et l'adjudant-chef devaient faire appel aux commérages du village, desquels ressortait toujours une parcelle de vérité.

— Martinez, vous avez une idée de qui pourrait nous aider, quelqu'un qui connaît la famille en question ?

— Un des gars de la brigade habite ici depuis longtemps, il pourra nous renseigner.

De retour à la gendarmerie, Amy les informa qu'aucune disparition signalée ne correspondait aux deux victimes. Quant à l'enquête de voisinage, elle n'avait, pour l'instant, rien donné.

— Vous croyez que la piste des propriétaires terriens peut nous aider ? demanda Amy.

— Je me dis que c'est un bout de fil sur lequel on doit tirer. Je ne sais pas pourquoi, mais je ne crois pas à une coïncidence. Le gars coupe une tête et des mains, lave les corps au détergent, puis les peint avec des symboles. Et il les déposerait n'importe où ? Pas très logique, non ?

Charlie continua d'argumenter comme pour se convaincre :

— C'est sûr que si tout le village appartient à cette famille, le tueur peut bien les déposer où que ce soit, il aura une chance de tomber sur une de leurs propriétés. Pourquoi ne pas garder les corps et les cacher, ou les détruire ? Non, tout ça ressemble à une mise en garde. Il les expose spécifiquement là.

L'adjudant-chef l'interrompit dans sa réflexion en entrant dans la salle de réunion avec le gendarme natif du village.

Charlie lui demanda des précisions sur la famille Seirgalal. Sur la réserve, il indiqua que les rumeurs allaient bon train, mais qu'il ne savait rien de concret, uniquement ce que ses grands-parents lui racontaient.

— Dites-nous ce que vous savez, les bruits qui courent comportent parfois une part de vérité, l'encouragea Charlie.

— Je sais que cette famille est arrivée ici il y a un peu plus de cent ans. Ils sont discrets, ne se mêlent pas aux gens du village et personne ne va chez eux.

— Vous avez parlé de rumeurs ? demanda Amy.

— Des histoires du village, qu'ils ont des secrets, ce genre de choses.

Tous se regardèrent sans trop savoir ce qu'il fallait penser.

— Ils habitent où, ces gens ?

— Tous ensemble, dans le fameux manoir dont on parlait au service de l'urbanisme. Une sorte d'immense château, avec soi-disant plusieurs appartements.

Charlie regarda l'adjudant-chef en fronçant les sourcils comme pour lui signifier qu'elle ne comprenait pas ses propos. Le jeune gendarme confirma ses dires :

— Il y a le conseiller lui-même, sa mère et ses deux fils. Et on prétend qu'il y aurait aussi d'autres membres de la famille. Certains seraient malades, il y a beaucoup de rumeurs qui circulent. Vous savez, des trucs de malédictions, de mauvais sorts ou je ne sais quoi.

— Pardon ? s'étonna Amy.

Le jeune gendarme haussa les épaules en expliquant que les gosses du village aimaient se faire peur en inventant des histoires sur le manoir.

— L'adjudant-chef Martinez m'a dit que vous connaissiez quelqu'un dans le village qui a fréquenté de près cette famille. Qui est-ce ? demanda Charlie.

— Oui, madame Genevièvre. Elle était infirmière, c'est une des rares personnes à être entrée dans le manoir. Elle est à la retraite et habite le village à côté.

Rien de concret ne les dirigeait vers cette famille, rien ne pouvait dire si elle avait un lien avec ces deux crimes, aussi étrange fût-elle d'après ces ragots. Charlie remercia le gendarme pour son aide et récupéra le Post-it où étaient notés le nom et l'adresse de l'ancienne infirmière. Ils iraient lui rendre visite s'ils orientaient leur enquête vers les Seirgalal, en espérant qu'elle ait des informations plus concrètes. Charlie pria intérieurement qu'elle ne leur parle pas de malédictions et de fantômes.

Chapitre 11

La journée touchait à sa fin. Amy et Martinez se rendirent sur le terrain pour faire un point avec les équipes, celle qui ratissait le périmètre établi autour des corps et celle qui s'occupait de l'enquête de voisinage.

Charlie retourna au cadastre récupérer un plan du village afin de repérer les lieux. En rentrant à la brigade, elle l'étala sur la table de la salle de réunion et indiqua au marqueur l'emplacement des corps. Elle délimita ensuite les zones de recherche pour l'équipe cynotechnique. De la même façon, elle signala les nombreux terrains appartenant à la famille Seirgalal. Le premier corps avait été retrouvé sur les terres du fils aîné et l'autre dans un champ du père, le conseiller départemental, Jean Seirgalal. Charlie n'en tira aucune conclusion, probablement une coïncidence, au regard du nombre de terrains que possédait la famille. Rien de concret ne la reliait à ces deux crimes. Elle ne devait pas se focaliser sur ce point tant qu'elle n'avait pas de certitudes. Mais pouvait-elle s'appuyer sur autre chose ? Il fallait bien avouer que non. Et surtout, elle sentait qu'elle devait creuser du côté de cette famille.

Elle appela son boss pour lui faire part des avancées de l'enquête. Il n'était pas ravi, car le procureur l'avait appelé à plusieurs reprises pour savoir ce qu'il se passait dans cette campagne d'habitude très tranquille.

— Écoutez, mon commandant, pour l'instant, j'attends les résultats du labo et les autopsies pour partir de quelque chose de concret. À part ça, je n'ai rien. Il y a cette histoire de terres sur lesquelles on a retrouvé les corps, mais ce pourrait aussi bien être le hasard.

— Le procureur est furieux, il vous hurle dessus par mon intermédiaire. Deux morts en deux jours, c'est beaucoup pour un village coincé au bout du département. Il faut trouver un début d'indice, quelque chose !

— Je ne vais quand même pas trouver un suspect sous une pierre pour faire plaisir au proc. J'ai contacté Gramat pour avoir une équipe cynotechnique et préparer un périmètre à faire sniffer, mais je ne peux pas interroger tous les arbres de la forêt ou tous les habitants de ce bled pour savoir s'ils n'ont pas vu quelque chose. En attendant le labo, je n'ai rien.

Le commandant soupira, il savait malheureusement qu'elle avait raison, ce n'était que le début des investigations. Il avait confiance en sa capitaine, elle était un des meilleurs éléments qu'il ait rencontré depuis le début de sa carrière.

Charlie raccrocha, tout en se demandant si ses méninges étaient suffisamment alertes pour cette enquête difficile. Elle se laissa tomber sur le petit canapé de la salle de réunion, s'allongea et posa son avant-bras sur ses yeux pour essayer de se détendre. En quelques minutes, ses muscles se relâchèrent, elle sentit son corps et ses pensées s'éloigner de plus en plus et, bientôt, seul son inconscient régna en maître sur elle. Des vagues de sensations l'envahirent progressivement, sensations d'inconfort, de mal-être, quelque chose qui tentait de s'insinuer dans son esprit. Elle tressaillit et son inconscient tenta de lutter, de se rebeller en vain, il n'arrivait pas à repousser cette intrusion. Charlie gémit, elle semblait se débattre contre une entité invisible. Des images commençaient à se former et à stimuler ses neurones sans qu'elle ne puisse rien y faire. Une luminosité crue et intense lui brûla les rétines, l'éblouissant totalement. Elle se protégea avec sa main, tenta de s'habituer à cet éclat et, tout doucement, un paysage se dessina. Des arbres, une forêt peu dense, le soleil l'inondait par endroits. Le vent s'était invité, tiède et puissant, faisant danser les branches. Les cheveux de Charlie flottaient autour d'elle, eux aussi totalement sous l'emprise d'Éole. Elle marchait sur un tapis de feuilles et d'aiguilles, avec difficulté, au ralenti. Au loin, il lui sembla voir une silhouette, une femme. Oui, c'était bien ça. En s'approchant, elle la distingua mieux. *Quelle maigreur !* Ce fut la seule chose qui lui vint à l'esprit. La femme se promenait dans cette forêt lumineuse et se penchait parfois pour ramasser quelque chose. C'était flou, comme s'il y avait un voile de chaleur autour d'elle. Charlie se dit qu'elle l'avait déjà vue quelque part. Où ? La réponse lui échappait. Elle tenta de l'appeler, mais aucun son ne sortait de sa bouche. Elle cria plus fort jusqu'à avoir l'impression de lui hurler dessus, mais rien ne la fit se détourner de sa promenade. Charlie ne comprenait pas ce qu'elle faisait là. Tout à coup, elle fut projetée plus loin et changea de point de vue. Elle était maintenant derrière la femme. Un malaise l'étreignit quand elle vit une autre silhouette apparaître. Un homme ? Elle n'en était pas sûre. Elle ne voyait rien, il fallait qu'elle se rapproche. Elle essaya d'avancer, mais c'était de plus en plus difficile. Son corps était lourd, ses pieds et ses jambes ne voulaient pas lui répondre, elle ne contrôlait plus rien. Les deux silhouettes se rapprochaient. Charlie tenta à nouveau de crier, elle voulut tendre son bras pour toucher la femme, mais elle était figée dans le temps et l'espace. Seuls ses cheveux semblaient encore en vie, tourbillonnant autour de sa tête. Elle tenta de résister à cette emprise, mais l'épuisement eut raison d'elle. Rien à faire, elle était prisonnière d'un tableau. Les deux personnes présentes s'étaient elles aussi figées, incrustées sur une toile. Puis, au moment où elle pensa pouvoir mieux distinguer la silhouette la plus floue, sa gangue se fissura et son corps se souleva avec violence, puis retomba dans un puits sans fond. Elle cessa de respirer quelques secondes tellement cette sensation de chute dans le vide était réelle et oppressante.

Elle sursauta et se redressa en nage sur le canapé de la brigade, le nez rempli d'odeurs persistantes de sous-bois. Pourtant, rien n'était réel, encore un de ces cauchemars qui polluaient son sommeil. En reprenant ses esprits, elle découvrit sa collègue, adossée au chambranle de la porte, qui l'observait. Charlie eut la sensation qu'elle était là depuis un moment.

— Un cauchemar, dit-elle en se justifiant.

— Vous en faites souvent ? demanda Amy. Vous savez qu'ils ont sûrement une signification. Vous avez déjà pensé à les analyser ?

La gendarme se leva sans répondre. Elle ne parlait jamais de ses cauchemars, sauf à son mari.

— Vous avez tort. C'est très instructif, l'analyse !

Charlie soupira pour signifier que cette conversation était terminée. Amy dut se rendre à l'évidence, c'était une véritable huître, pas du genre à se confier.

— Si nous pouvions revenir à ce qui nous préoccupe ici et maintenant. J'ai contacté la brigade cynotechnique et j'espère que cela sera productif.

Elle lui montra le plan et le périmètre délimité autour des deux scènes où les corps avaient été découverts. Sa collègue se pencha sur le bureau, acquiesça et fit la même remarque concernant les terrains familiaux des Seirgalal.

— Ils ont de nombreuses terres. La probabilité de tomber sur une de leurs propriétés est importante. Vous pensez quand même que c'est une piste que nous devons creuser ? questionna Amy.

— Je ne me prononcerais pas tout de suite. Attendons les analyses et la légiste dans un premier temps, puis on avisera. Des nouvelles du côté de l'équipe de l'adjudant-chef ?

— Rien. Ils n'ont rien trouvé et l'enquête de voisinage patine. Il est tard. Vous voulez dîner ?

Charlie déclina l'invitation, encore préoccupée par les sensations ressenties pendant son sommeil. Contrairement à ce qu'elle disait, ses rêves l'avaient toujours intriguée, cela l'obsédait parfois. Même si elle ne faisait pas appel à un professionnel, elle tentait tout de même de se les remémorer et, depuis quelques mois, de les noter dans un carnet. Quant à les analyser, c'était plus compliqué. Cette fois-ci, elle n'avait aucun doute sur ce qu'elle venait de vivre et ce à quoi elle avait assisté. Elle venait d'être le témoin de ce qui ressemblait aux prémices de la première scène de crime et, avec une quasi-certitude, elle sut qu'elle venait de rencontrer la première victime.

Chapitre 12

Tracer cette deuxième croix le rendit heureux. Ce fut la meilleure chose qu'il ait jamais faite. Le résultat de la partie la plus compliquée, de la pierre angulaire de son projet.

Cet homme était un déchet de la société qu'il avait traqué. Cinq longues années d'enquête et de filature, beaucoup d'argent et de temps pour un seul homme. Quand il l'avait enfin trouvé, l'attirer à lui fut un jeu d'enfants. Lui payer une bière, le droguer, et l'affaire était entendue. Puis il l'avait enfermé ici pour le faire faisander comme le gros porc qu'il était. À peine lui avait-il donné à boire, juste assez pour le maintenir en vie. Un peu de pain pour apaiser sa faim et lui rappeler ce qu'était l'espoir. Le calvaire avait duré pendant des semaines. Il le torturait de temps en temps, le frappait parfois, le brûlait souvent et l'humiliait pour assouvir des années de frustration. Ce gros pourceau l'avait supplié, imploré, il avait pleurniché, bavé, pissé. Il était pitoyable. Mais après ce qu'il avait fait, rien ne pouvait être trop cruel. Et encore, il était mort de façon trop policée, il aurait dû mieux faire.

Assis dans son fauteuil, dans la pénombre de sa tanière, il décida de visionner la vidéo qu'il avait réalisée pour se divertir, afin de revoir son travail. Il avait fait un montage avec des plans pour chaque étape de l'opération, depuis qu'il l'avait retrouvé dans ce bar, totalement imbibé de bière et de vodka. Il était ravi d'avoir un compagnon de beuverie qui, en plus, payait les tournées. Alors, pourquoi se priver ? Il était proche du coma éthylique quand il l'avait assis dans sa voiture, où il s'était endormi immédiatement. Il avait roulé pendant des heures et pourtant, rien ne l'avait réveillé. Ni les arrêts, ni l'autoroute et ses lumières crues, ni les nids-de-poule une fois arrivés à destination. Rien. Il cuvait son alcool comme si rien ne pouvait lui arriver, comme s'il était en sécurité dans cette voiture. Il le traîna à moitié éveillé jusqu'à sa nouvelle chambre d'hôtel, une petite cage en forme de cube dont la hauteur ne permettrait même pas à un enfant de se tenir debout. Il ne broncha pas quand il le jeta à même le sol, se mit en boule et continua à dormir.

La vidéo montrait cette scène pendant quelques minutes, puis s'arrêtait pour reprendre ultérieurement. L'homme était filmé dans sa cage, cette fois bien réveillé, assis par terre et se tenant la tête entre les mains.

— Qu'est-ce que je fais ici ? C'est toi qui m'as mis là ? Pourquoi tu filmes ?

Il rampait jusqu'aux barreaux et les secouait comme un forcené. Il hurlait qu'on le fasse sortir. Cela dura des jours. L'homme ressentit rapidement le manque d'alcool. Son geôlier lui donnait de l'eau et parfois un peu de nourriture, du pain la plupart du temps. Il n'avait pas d'endroit pour faire ses besoins et se soulageait dans un coin du cachot. Il avait supplié pour avoir ne serait-ce qu'un seau. Au début, il faisait bon, mais au fil des jours, il sentit le froid et l'humidité aggraver ses conditions de détention. Son bourreau s'en moquait bien. Mais qui était ce type et que lui voulait-il ? Il lui avait posé cette question mille fois, peut-être plus, il ne savait plus. À peine avait-il eu droit à un *Ta gueule.* Il ne savait plus depuis combien de temps il était là. Son esprit n'était plus capable de grand-chose, une semaine sans presque rien manger avait eu raison de lui. Le manque d'alcool s'ajoutait à l'horreur de sa détention. Il n'avait plus toute sa tête. Sa dignité, déjà mise à mal par des années d'alcoolisme et, parfois, de rue, avait totalement disparu. Il n'était plus rien. Malheureusement, son martyre allait s'accentuer. Au fur et à mesure, son bourreau avait décidé d'augmenter sa souffrance. À l'humiliation, aux conditions d'insalubrité et d'absence de nourriture s'ajoutait la douleur. Celle de la torture.

Son imagination n'avait pas de limites quant aux sévices à infliger. D'autres, avant lui, avaient testé les milliers de possibilités pour faire souffrir les êtres humains, les animaux. D'innombrables exemples de la perversité et des déviances humaines : de l'Inquisition aux tortures chinoises, en passant par les guerres diverses et variées que les humains s'étaient livrées, et qui avaient généré bourreaux et tortionnaires de par le monde. Il n'avait que l'embarras du choix. Les brûlures de cigarettes semblèrent être une bonne idée, mais cela ne l'amusa pas longtemps.

Puis, il avait franchi une étape plus intéressante que ce qu'il avait prévu depuis le début. L'humiliation suprême. Et l'explication. Cette loque humaine allait enfin savoir pourquoi elle était là, se traînant et agonisant dans sa propre fange. Un gros plan de la forme recroquevillée et gisant à même la terre battue apparut sur la vidéo.

— Tu te souviens de l'hiver 1986 ? Rappelle-toi, espèce de merde. Tu travaillais comme saisonnier dans les vignes.

Des gémissements se firent entendre. Horribles pleurs, complaintes de douleur, de peur et de désespoir, dont on ne pouvait savoir s'ils appartenaient à un humain ou à un animal blessé. L'homme à terre parvint à prononcer quelques mots.

— Tu ne te rappelles pas ce que tu as fait ?

Il s'en souvenait très bien et comprit enfin ce qu'il faisait là. Il gémit en essayant de s'asseoir.

— Ça te revient à l'esprit, espèce d'ordure. Tu vas souffrir autant que tu nous as fait souffrir, toi et tous les autres. Tous, vous allez payer.

Il n'eut pas le temps de répondre, sa cage s'ouvrit et il reçut un coup sur la tête. Assommé. Il mit un certain temps à rassembler ses idées lorsqu'il reprit connaissance. Ce n'était pas un cauchemar, mais cette fois son corps nu et ligoté reposait sur une table, toujours dans cette sorte de cave. Il s'agita en remuant les bras et les jambes, de plus en plus fort. Mais rien à faire, il resta attaché. Il aperçut son tortionnaire au fond de la pièce, en train d'écrire, assis à ce qui ressemblait à un bureau. Il pensa à cette pauvre femme qu'il avait vue quelque temps auparavant, il ne savait plus vraiment quand. Des questions se bousculaient dans sa tête : allait-il finir comme elle ? Qui était ce type ? Comment était-il au courant de ce qu'il avait fait plus de trente ans auparavant ? Il était épuisé, son corps décharné, agité de tremblements incontrôlables en raison du froid et de la peur, et ses muscles se tétanisaient. Son organisme lâchait. Il entendit des pas. Il s'était imaginé mourir de plusieurs façons, d'un accident de voiture, ou ivre, en s'étouffant dans son vomi. Il aurait bien aimé être bourré. Cela l'aurait aidé à supporter ce qui lui arrivait. Les pas se rapprochaient. Il était derrière lui, il ne bougeait pas, mais il le sentait. De peur, les spasmes de son corps redoublèrent. Il sentit un objet en acier froid parcourir son front, sa nuque et le haut de son corps. Il hurla.

— Ne me supplie surtout pas d'arrêter, je ne le ferai pas. Épargne-toi ça et essaie de rester digne pour tes dernières minutes de vie.

CHAPITRE 12

La lame en acier continua sa danse sur son bras, son ventre et ses jambes, puis elle fit le même chemin sur le côté droit de son corps.

— Tu veux savoir ce que je vais te faire et pourquoi ? Tu veux le savoir ?

Il se pencha vers lui et lui parla à l'oreille. Cela ne dura qu'un instant. L'homme sur la table essaya de se débattre avec la force du désespoir, en hurlant à nouveau, les yeux exorbités. Il n'en croyait pas ses oreilles, c'était totalement dingue. Il n'eut pas le temps de poursuivre ses interrogations qu'une douleur fulgurante l'anéantit. Ses neurones avaient brutalement libéré quantité de transmetteurs chimiques qui lui déchiraient les entrailles. Son sang chaud coula le long de ses cuisses et, dans une dernière seconde de lucidité, il leva la tête sur son entrejambe devenu plat, une plaie béante rouge vif remplaçait désormais sa virilité. Il sombra dans l'inconscience et y resta. Son corps épuisé par des jours de torture lâcha prise rapidement.

Les dernières images du film s'arrêtaient sur la mort de cet être, allongé nu sur une table, son sang coagulé formant des plaques de gélatine framboisée autour de lui et sur le sol. Il arrêta la vidéo et reprit ses esprits. Il se leva, saisit sa caméra et se dirigea vers une de ces cages à rat où une autre de ses victimes l'attendait. Un gémissement lui parvint sans qu'il s'en émeuve. Une forme humaine était recroquevillée sur la terre battue et geignait de douleur en levant vers lui des yeux implorants. Des larmes creusant des sillons s'en échappaient quand, sur leur passage, elles nettoyaient les traces de terre et de sang assombrissant un visage déjà marqué. Lui ne lisait rien dans ce regard, il n'y voyait aucune émotion, et il ne comprenait pas que l'on puisse y voir autre chose que des pupilles dilatées. La vengeance est extrêmement venimeuse, elle vous inonde de son fiel et vous fait devenir comme ceux que vous exécrez, comme ceux dont vous voulez vous venger, en espérant un soulagement de votre haine. Les yeux de l'homme en cage se voilèrent quand il entendit le bourreau prononcer ces mots qui annonçaient son triste sort :

— Au suivant !

Chapitre 13

Les deux enquêtrices mirent plus d'une heure pour se rendre à l'IML. Après la nuit qu'elle venait de passer, courte et remplie de questions, Charlie, peu encline à la discussion, resta muette pendant tout le trajet. Amy tenta de lui parler, en vain, puis n'insista plus et comprit que sa collègue était dans ses pensées. En réalité, elle était dans sa tête. À lui. Au tueur. À la tueuse ? Elle n'avait pas réussi à le ou la distinguer. Cela la frustrait. Toutefois, son intuition la menait plutôt vers un homme malgré ce sentiment confus. Elle s'interrogea sur ses motivations. Pourquoi faisait-il ça ? Ce corps sans tête ni mains était-il symbolique ou s'agissait-il uniquement d'une contre-mesure médico-légale ? Quelle autre raison pouvait-il avoir ? D'aucuns diraient qu'il n'y avait rien à expliquer. Un tueur n'avait pas de démarche logique et intellectuelle. Mais Charlie savait que ce n'était pas le cas. Pour l'instant, la victimologie ne leur était d'aucune utilité, même si maintenant elle visualisait précisément la première victime aperçue dans son rêve. Était-ce vraiment elle ? Charlie était hantée par son cauchemar, cherchant à tout prix à l'analyser. Elle secoua la tête comme si elle était seule. Amy l'observait en coin, se demandant ce que sa collègue ruminait.

— Vous vous souvenez de la légiste ? Elle est un peu particulière, ne vous formalisez pas, dit Charlie en revenant à la réalité.

— Oui, comme avec vous, répondit Amy.

Charlie haussa un sourcil, mais ne répondit pas à l'attaque de la flic.

Elles se rendirent à l'accueil de l'IML, puis parcoururent les quelques mètres les séparant du bureau de la légiste, où elles la trouvèrent assise en train de fumer une cigarette. Elle avait l'air épuisé et ses cheveux en brosse étaient parsemés d'épis comme si elle venait de se réveiller, ce qui ne devait pas être le cas. Malgré ses traits tirés, ses yeux noisette brillaient.

— Ah Meunier ! J'étais sur un examen de violence physique. Un viol. D'une gamine. Dégueulasse. Franchement, ce n'est pas la partie sympa du boulot.

— Vous fumez, maintenant ?

— C'est une longue histoire. Et elle, c'est qui ? dit la légiste en montrant Amy du menton.

Charlie s'approcha pour faire les présentations avant que sa collègue puisse dire un mot :

— C'est la flic du SRPJ. Je vous avais dit que c'était une cosaisine. Capitaine Amy Jones. On bosse ensemble et vous l'avez vue sur la seconde scène de crime. Vous ne vous souvenez plus ?

— Non, pas de souvenir, mais je n'ai plus 20 ans, tu le sais.

Amy tendit la main vers elle pour se présenter de façon polie.

— Amy Jones, docteure Periot, enchantée.

— Je ne paluche personne, miss Jones. Tu sais combien de bestioles tu as sur tes palmes ? Tu ne veux pas le savoir, crois-moi.

Amy resta figée sans pouvoir répondre, remballa sa main et sentit celle de Charlie lui tapoter le dos en un geste qui se voulait rassurant.

— Je vous l'avais dit, ne vous formalisez pas.

Charlie lui sourit et emboîta le pas de la légiste. Amy finit par reprendre ses esprits et les suivit.

La Dr Ludivine Periot était la prêtresse de ces lieux et il n'était pas question de changer ses habitudes ou sa façon d'être. Charlie appréciait particulièrement ses compétences, qu'elle avait constatées à maintes reprises. Sur des vivants et des morts. Elle avait résolu des enquêtes grâce à elle.

— Allons voir ces improbables cadavres ! lança la légiste.

Dans la salle d'autopsie, elles entrèrent dans le vif du sujet. Ludivine Periot était intraitable sur les protections à revêtir. Elle avait toujours peur qu'un OPJ[10] attrape une maladie en se tenant aussi près des morts. Les enquêtrices s'étaient donc équipées, charlottes, surchaussures, masques, gants, lunettes et blouses jetables. En tant qu'OPJ, elles effectueraient les scellés des prélèvements. Lors des autopsies, Ludivine devenait une autre personne, concentrée sur les victimes, précautionneuse et sérieuse. Comme lors d'une méditation. Amy se sentit rassurée que cette rencontre prenne une tournure plus académique.

— Tu veux commencer par quoi ? demanda la légiste à Charlie. Quel corps ? Dans l'ordre d'apparition ?

— Oui, la femme d'abord.

La salle était immaculée, inox brillant et matériel rangé au cordeau. Un scialytique apportait un éclairage puissant pour l'examen du corps. Un assistant posa la première victime sur la table. La légiste commença son protocole. Un enregistreur lui permettait de consigner toutes ses observations.

— Si vous avez des questions, n'hésitez pas à m'interrompre. Vous poserez les scellés au fil de l'avancée et on fera un point ensuite.

Elles validèrent d'un hochement de tête.

L'examen fut réalisé de façon minutieuse et la légiste consigna ce qu'ils avaient déjà constaté lors de la levée du corps. Elle préleva les organes, les pesa et en coupa des morceaux pour les conserver. Le contenu de l'estomac fut recueilli pour être analysé. Elle nota l'absence d'utérus. Amy et Charlie assistèrent en silence au travail précis de la légiste. Elles firent les scellés des prélèvements dans les règles de l'art : date et heure, identification de l'IML et du médecin.

À l'issue de cette première autopsie, lors du nettoyage, la légiste établit un premier compte-rendu :

— Donc, pour la femme, la radiographie n'avait rien révélé de spécifique. Ses mains et sa tête ont été sectionnées avec une sorte de guillotine. Les plaies sont nettes et, comme il faut une certaine force pour décapiter quelqu'un, je ne vois que ça. Ou alors un bourreau avec un masque et une hache, allez savoir ! On peut tout imaginer.

Elle avait retrouvé son attitude, désinvolte aux yeux d'Amy, ce qui la déstabilisa après l'intermède silencieux et rigoureux auquel elle venait d'assister.

— J'ai noté des cicatrices anciennes sur le bas du ventre, déjà vues lors de la levée de corps. Moches, d'ailleurs. Avec le temps, ça s'est atténué, mais on dirait que c'est un couteau à pain qui lui a fait les incisions. L'examen interne confirme mon hypothèse, à savoir qu'elle n'a plus d'utérus. En général, à part un cancer ou une autre maladie gynécologique, c'est l'hémorragie qui entraîne une hystérectomie. Peut-être un accouchement qui s'est mal passé.

— Quoi d'autre ? demanda Charlie qui prenait des notes.

— Elle était dénutrie, et son estomac, de petite taille, était vide au moment du décès.

— Avez-vous une idée de son âge et de l'heure de la mort ?

— Je dirais dans les 60, 70 ans. Pour ce qui est de l'heure de la mort, on en a déjà parlé. Le fait qu'elle ait été déplacée pour être nettoyée complique les calculs, mais on peut estimer le décès à environ trente-six heures, avec une marge de plus ou moins douze heures.

— C'est large pour une estimation, s'étonna Amy.

— Bienvenue dans ma vie, capitaine. Vingt-quatre heures après un décès, c'est compliqué d'être précis.

— Rien d'autre ?

— Je te confirme qu'il n'y a pas eu viol. Les blessures sur ses seins ont été faites *post mortem*. On verra la toxicologie, mais c'est la guillotine qui l'a tuée. Exsanguination, dit-elle en agitant ses doigts sur son cou.

La légiste souriait de toutes ses dents encore bien blanches. Amy n'appréciait pas du tout cet humour particulier. Son expression trahit sa pensée, ce qui n'échappa pas à la Dr Periot.

— Elle, c'est ma patiente, dit-elle en désignant la victime allongée sur la table. Elle est là parce qu'un pauvre débile a trouvé ça drôle de la buter et de la trancher comme un jambon sec. Ce n'est pas moi qui suis responsable de son état. Je suis là pour vous aider à résoudre l'affaire et arrêter son bourreau. Ne te trompe pas de cible. Je ne lui manque pas de respect, elle le sait et c'est ce qui compte pour moi. Mon apparente désinvolture est une sorte de distanciation et m'aide à avoir un statut psychologique, disons, proche de la normalité. Pour ne pas sombrer dans les limbes noirs et dégueulasses de la nature humaine. Parce que là, cette pauvre femme est morte, son corps a rendu les armes, elle est en paix. Je suis avant tout expert médico-judiciaire. Alors, autant te le dire, je vois tous les jours le résultat de la perversité humaine, de la capacité qu'ont certains à infliger la douleur et l'horreur à leur propre famille. Des enfants violés, des femmes battues, et autres joyeusetés de ce genre. Des êtres humains qui resteront à jamais marqués dans leurs chairs et dans leur psyché. Je suis aux premières loges, j'ai les mains dedans. Alors, crois-moi, quand on est témoin de ces abominations, on trouve toutes les échappatoires pour rester un minimum saine d'esprit et ne pas tuer le premier crétin venu qui raye ta bagnole avec son caddie de supermarché.

Amy était blême et balbutia des excuses :

— Désolée ! Je ne voulais pas porter de jugement.

— Les choses sont claires maintenant, ne t'offusque pas. C'est tout, il n'y a rien de méchant dans mes propos.

La légiste leva son pouce toujours avec un grand sourire. Charlie, restée silencieuse et spectatrice, soupira. Toujours la même chose avec Ludivine, ça passait ou ça cassait.

— On peut examiner la seconde victime ?

Le corps de l'homme fut déposé sur la table. Il semblait plus abîmé. La lumière blanche inonda la plaie béante de son entrejambe. La légiste aborda l'autopsie de la même façon, rigoureuse, selon un protocole bien établi. L'examen externe ne révéla rien de plus. La dissection montra un organisme en mauvais état, aux dires de la médecin, mais rien de probant pour les deux enquêtrices.

— Résultats des courses ? demanda Charlie, pas très optimiste à la fin de l'examen.

— Rien. Son estomac était vide également. Il y a une perte de poids significative dans les dernières semaines et un alcoolisme évident. Il avait un début de cirrhose.

— Quoi d'autre ?

— Il a été torturé, c'est une certitude. Des brûlures de cigarettes assez importantes et des blessures infligées par une sorte de poinçon. Il a bien morflé jusqu'à la joute finale : son émasculation, alors qu'il était encore en vie, a eu raison de son corps avec l'hémorragie.

Charlie soupira.

— Autant dire que nous n'avons rien, *nada*.

— Il ne faut pas désespérer, il y a toujours l'ADN et les empreintes digitales du type.

— Franchement, je ne comprends pas. Quel est le lien entre ces deux personnes et qu'est-ce qu'elles ont pu faire pour mériter ça ?

Charlie se parlait à elle-même et ni sa collègue ni la légiste n'avaient la réponse à ses interrogations. Elle se tourna vers Amy en espérant que la capitaine aurait un éclair de génie.

— Je ne sais pas quoi vous dire non plus. Si le tueur est dans un trip contre-mesures médico-légales, nous n'apprendrons rien des indices. Attendons les empreintes. Et puis, il y a vos renifleurs qui arrivent, ce sera peut-être concluant.

Charlie marmonna des paroles inintelligibles, puis remercia la légiste. Son téléphone sonna, elle enleva ses gants et quitta la salle d'autopsie pour répondre.

Les deux femmes se regardèrent sans avoir plus rien à se dire. Un moment de flottement qu'Amy savait provisoire dans la mesure où elle connaissait maintenant un peu mieux la médecin. Avant que cette dernière ne parle, elle se décida à lui poser quelques questions :

— Dites-moi, vous connaissez bien la capitaine Meunier d'après ce que j'ai compris. Vous travaillez avec elle depuis longtemps ?

— Je me disais bien que tu voudrais en savoir plus sur elle.

Amy se dit qu'elle devait être franche. Elle subodorait que la légiste était fine psychologue, alors inutile de se voiler la face.

— Eh bien, quand j'ai appris que j'allais travailler avec elle, je me suis renseignée sur ses états de service.

Amy expliqua ce qu'elle savait sur sa collègue, ancienne avocate et officier de gendarmerie ayant résolu un nombre exceptionnel d'enquêtes.

Ludivine Periot confirma la perspicacité et les raisonnements de la gendarme :

— Je suis convaincue que ton intérêt pour elle cache autre chose, ajouta la légiste, suspicieuse.

Charlie arriva à ce moment-là et Amy poussa un soupir intérieur de soulagement. Elles se tournèrent vers la gendarme comme si leur discussion n'avait jamais eu lieu.

— C'était Sébastien. Il a du nouveau pour nous. Vous aviez raison doc, les empreintes digitales ont donné un résultat. Il semblerait que notre victime soit dans le FAED[11]. Enfin, on a quelque chose. On a aussi eu l'autorisation pour les empreintes génétiques.

Chapitre 14

Le retour à la brigade se fit en silence. Charlie et Amy avaient hâte de faire une synthèse de tous les éléments en leur possession.

L'adjudant-chef Martinez les attendait, prévenant, il avait pensé aux sandwichs. Une aubaine pour Amy qui loucha tout de suite sur cette nourriture providentielle. Ils passèrent en revue les documents et Martinez se proposa d'en écrire l'essentiel sur le *paper board*. Amy commença à énoncer les faits qu'il nota au marqueur :

— Deux victimes, une femme et un homme. Deux modes opératoires. La tête et les mains coupées pour la première, les parties génitales pour le second. Les analyses ADN sont en cours.

Amy s'arrêta pour laisser Martinez noter ces informations sur deux colonnes. Charlie continua avec le dossier fourni par Sébastien sur les empreintes digitales du second corps, fichées au FAED :

— Pour ce qui est de l'homme, ce n'était pas un enfant de chœur. Un certain Paul Meinargno, né en 1960. Il a plusieurs condamnations à son actif, essentiellement dans la région. Les faits remontent à 1997. Des vols avec effraction, principalement dans des villas cossues. Ces dix dernières années, pas de nouvelles. Soit il a arrêté ses conneries, soit il ne s'est pas fait choper.

— Excepté ça, on sait ce qu'il faisait ? Il avait un job ? interrogea tout haut Martinez.

— Il vivait de petits boulots. Saisonnier viticole dans le coin, répondit Charlie.

— Drôle de coïncidence, non ? questionna Amy, qui faisait le rapprochement avec les exploitations agricoles de la famille Seirgalal.

— Effectivement, encore une. Mais cela ne veut rien dire. Des saisonniers, il y en a un paquet qui viennent ici tous les ans. Notez-le quand même, on le garde à l'esprit. Quoi d'autre ?

Amy mentionna le fait qu'ils avaient tous les deux ces marques spécifiques dans le dos, un carré pour lui et un rond pour elle. Elle résuma les conclusions de la légiste sur la notion d'arbre génétique.

Un moment de silence plana autour d'eux.

Charlie se leva d'un bond de sa chaise et arpenta la salle de réunion comme si elle avait décidé de faire son sport, là, maintenant, et maugréa :

— Le mec choisit deux personnes, les mène dans un endroit calme, les torture, les zigouille, les nettoie au détergent et les dépose là, quelque part dans les bois. Parce que quoi ? Il n'aime pas la nature, il n'aime pas les gars qui ont fait des conneries et les vieilles femmes ? Il n'aime pas les mains, les seins et les pénis. C'est quoi son projet ?

Comme sa collègue, Amy ne voyait pas bien ce qui se cachait derrière ces deux meurtres, mais elle osa néanmoins une théorie :

— Si nous considérons la victimologie, il y a quand même quelque chose d'étrange. Il a coupé les mains et la tête pour éviter qu'on reconnaisse la femme et a nettoyé les corps pour effacer les indices. Mais pourquoi a-t-il peint sciemment un rond et un carré ? Cela suggère une affaire d'arbre généalogique, non ? Nos deux victimes pourraient donc être de la même famille ?

Charlie l'encouragea à poursuivre.

— Il n'a pas torturé la femme, ajouta Amy.

— Tu oublies les taillades sur ses seins, lui précisa Charlie.

— *Post mortem.* Pas vraiment de la torture. Pourquoi faire ça ? Nous induire en erreur ou nous envoyer un message sur l'origine de ses actes. Une composante sexuelle ?

Amy poursuivit sur sa lancée :

— Il existerait un lien familial entre eux, une rancune particulière sur l'homme, mais pas sur la femme. La composante sexuelle dans les crimes pourrait être liée à la dimension génétique ou familiale, un lien avec le village si les lieux de découverte des corps ne sont pas anodins. Il aurait pu tout aussi bien les abandonner dans la ville la plus proche ou les cacher. Exposer ce qu'il a fait, son travail, est pour lui primordial.

Après quelques secondes de silence, elle continua :

— Quant à la seconde victime, elle est identifiable grâce à ses empreintes digitales. Sauf s'il a tué les deux au hasard, ce qui me semble exclu, le tueur savait que son identité serait découverte facilement, et il s'en moque. Pourquoi ?

— Parce que le lien entre nos deux victimes existe, mais il est difficile à déterminer ? se hasarda à dire Charlie.

— Parce qu'il n'est pas de la région et ne vivait pas là toute l'année ? questionna Martinez. Alors que la femme pourrait être plus connue et facilement reconnaissable ? Mais d'ailleurs, pourquoi personne n'a signalé sa disparition si elle vivait dans le village ?

— En résumé, termina Charlie, les victimes pourraient être liées entre elles, peut-être aussi avec le tueur, une histoire de famille avec une composante sexuelle, et une corrélation avec le village.

Martinez et Amy la regardaient depuis leur *paper board* et acquiescèrent à l'unisson en attendant la suite.

— Je suggère que l'on envoie des hommes avec la photo de Paul Meinargno dans les exploitations alentour. Quelqu'un pourrait le reconnaître et nous en dire plus.

— Je m'en occupe, répondit Martinez en sortant de la salle de réunion.

Charlie considéra sa collègue du coin de l'œil comme si elle la voyait pour la première fois.

— Je suis impressionnée, avoua Charlie.

— Pourquoi ? Vous me preniez pour une débile sortie de l'école, capitaine Meunier ? C'est bien de savoir avec qui on travaille, vous savez.

— On reprend depuis le début, d'accord ? dit-elle en tendant sa main vers Amy.

Amy la saisit en souriant à pleines dents.

— Je suis ravie d'être sur cette enquête avec vous, capitaine Meunier. Notre expérience commune va nous aider à avancer à grands pas, c'est sûr.

— Tu n'en fais pas un peu trop là ?

Charlie lui lâcha la main et rit de bon cœur.

Chapitre 15

Charlie quitta la brigade pour rentrer chez elle. Elle souhaitait retrouver sa famille, qu'elle n'avait pas vue depuis trop longtemps. L'équipe cynotechnique arrivait le lendemain matin, alors elle s'était éclipsée et avait confié l'enquête à ses deux collègues. Ils s'étaient mis d'accord tous les trois sur le secteur à explorer. Les hommes de l'adjudant-chef Martinez avaient commencé en cette fin de journée à faire le tour des exploitations agricoles, et tous priaient pour que quelqu'un reconnaisse Paul Meinargno. Elle ne pouvait rien faire de plus, à part attendre les résultats de l'analyse génétique.

La route lui permit de relâcher un peu la pression et, en arrivant chez elle, elle déposa ses bagages mentaux et ses réflexions en cours pour passer une agréable soirée avec les siens. Sa fille était folle de joie de pouvoir enfin la voir. Elle avait appris, dès son plus jeune âge, à profiter pleinement de sa mère à la moindre occasion, étant donné son planning chargé. Rien ne vint gâcher cette belle soirée. Ce fut un intermède heureux et bénéfique dans cette vie marquée par une activité professionnelle stressante. Bien qu'elle essayât de protéger sa vie personnelle de la noirceur rencontrée tous les jours, elle sentait planer au-dessus d'elle, tel le corbeau auquel on prête des origines et des desseins démoniaques, l'ombre de ses enquêtes successives. Celle-là n'échappait pas à la règle.

Elle profita de sa fille et de son mari. Ce soir encore, Mathieu avait préparé un repas qui rattrapait la piètre nourriture que Charlie ingurgitait lors de ses enquêtes. C'était un homme presque parfait, son boulot de professeur des écoles lui permettait de s'occuper de la maison et de leur fille. Il prenait les choses avec philosophie, malgré un penchant machiste naturel, *étrange pour un instit*, lui avait fait remarquer Charlie. Il s'acquittait néanmoins de ce rôle avec brio, ce qui ne l'empêchait pas d'avoir des activités personnelles, notamment le tir. D'ailleurs, ils s'étaient rencontrés sur un stand d'entraînement. Elle avait été séduite par cet homme discret, tireur émérite qui adorait les armes à feu. Il possédait une collection impressionnante dans une armoire vitrée, et tous ses invités avaient droit à des explications passionnées sur l'histoire de ses petits bijoux. Ce soir-là, il arborait un de ses t-shirts préférés de la NRA[12], floqué d'un serpent entourant un fusil d'assaut, qu'il ne portait pas en public de peur de passer pour le terroriste du coin.

Malgré ce moment en famille, Charlie eut du mal à oublier son enquête. Qu'est-ce qui motivait ce tueur ? Quel était son mobile ? Et d'ailleurs, en avait-il un ou agissait-il à l'aveugle comme un fou sanguinaire, assouvissant un besoin bestial de torturer, de tuer au hasard de ses rencontres ? Ou était-ce un projet planifié de A à Z qu'il mettait en œuvre, en ayant pensé à tout et, surtout, à ne pas dévoiler son jeu ? L'analyse et les hypothèses d'Amy tenaient la route et faisaient pencher la balance pour la seconde option, sans aucune preuve toutefois. Ils en étaient là, avec beaucoup d'hypothèses, mais rien de concret. Jamais elle n'avait eu à gérer ce genre de crimes. Elle s'en était toujours sortie avec les honneurs et avait un taux de résolution d'enquêtes plutôt correct pour son âge et son expérience. Il faut croire que, jusqu'ici, elle avait eu de la chance et surtout la science pour compagnon fidèle et efficace. Les indices médico-légaux étaient maintenant légion dans les vols, les meurtres ou les agressions. Dans tous les procès, on exigeait désormais des preuves concrètes et validées scientifiquement, menant à la reconnaissance du coupable sans doute possible. Les témoignages ne valaient plus rien face à l'implacable science toute-puissante, toujours plus précise dans ses techniques. Certaines affaires refaisaient surface des années après avoir été classées, grâce à l'avancée des méthodes de détection, comme pour l'ADN, le code-barres génétique unique et identifiable, extrait d'une infime quantité d'échantillons biologiques. Une prouesse. Pourtant, dans l'enquête en cours, rien n'était parvenu à faire émerger quoi que ce soit. Charlie espérait un résultat positif des analyses génétiques, un fil qui la guiderait dans cette bobine enchevêtrée.

Malgré toutes ces réflexions, Charlie tenta de profiter de sa soirée mais une torpeur s'empara d'elle et la força à se coucher plus tôt que prévu. Elle ne lutta pas et préféra céder à son attaque, en plongeant dans son lit et en enfouissant sa tête dans l'oreiller. La phase d'endormissement dura quelques minutes et elle sombra dans ce monde inconnu et inexploré du sommeil profond. Elle était loin, coupée du monde extérieur, ne sentait rien, pas même son mari lorsqu'il vint s'allonger près d'elle et l'embrasser. Son cortex cérébral avait pris ses quartiers d'hiver, engourdi et fonctionnant au minimum pour assurer les besoins essentiels à sa survie. Elle ne percevait rien, mais son organisme entier récupérait de l'énergie vitale en prévision des jours prochains. Un peu de paix, enfin. Son corps et son esprit auraient préféré rester plus longtemps dans cet état de douce inconscience, mais dans le train du sommeil, rien n'était figé, les états se succédaient, variant les plaisirs. Son activité cérébrale devint plus intense au fil des minutes et, sous ses paupières, ses yeux commencèrent à s'agiter. Charlie subissait ce changement d'état. Son corps bougea ; d'abord imperceptibles, ses mouvements devinrent plus importants et se répétèrent. Elle gémit, tel un animal abandonné. Son visage, jusque-là détendu et sans expression, se rida et elle sembla désormais contrariée. Un de ses bras passa au-dessus de son visage dans un mouvement brusque comme pour chasser un insecte. Sa tête bougea de droite à gauche alors que sa bouche formait des mots muets. Toute son attitude montrait qu'elle était aux prises avec quelque chose qui ne lui plaisait pas, qui la mettait mal à l'aise, un rêve dérangeant, peut-être un cauchemar. Son corps entier exprimait des signes de mécontentement. Elle se retourna et heurta son mari. Mathieu se réveilla d'un bond, surpris, et l'interpella. Charlie sortit alors de la gangue dans laquelle elle se débattait. Elle s'assit, la tête posée contre le mur, en nage, la respiration saccadée et les pupilles dilatées : elle semblait possédée. Son mari se redressa et alluma sa lampe de chevet, inquiet pour sa femme, qu'il trouva blafarde et en sueur.

— Ça va ? lui demanda-t-il en posant une main sur son bras.

Elle cligna plusieurs fois des paupières comme pour reprendre pied dans la réalité.

— Tu es sûre que ça va ? Tu es sacrément blanche.

— Il s'est passé quoi ?

— Je n'en sais rien, tu viens de me filer un coup dans le dos, ça m'a réveillé et là, tu es assise dans le lit à me regarder avec des yeux de junkie. T'es flippante, sans rire. Ces cauchemars, ça me fatigue !

— Mais je n'ai pas rêvé là, je ne me souviens de rien, c'est bizarre.

Charlie se frotta les yeux et essaya de se remémorer. Elle n'avait pas de souvenirs précis, comme ceux qu'elle notait parfois dans son carnet, mais plutôt une sensation étrange, un goût âpre collé à la langue. Elle renifla en se frottant le nez, crut sentir une odeur, indéfinissable et écœurante. Elle secoua la tête en espérant chasser cette sensation.

— Bon, ce serait super si on pouvait dormir à nouveau, sans opération commando, c'est possible ? demanda Mathieu en éteignant la lumière.

Charlie resta assise dans le noir un moment en essayant de reconstituer visuellement ce rêve. En dépit de ses efforts, aucune image ne vint affleurer son esprit conscient. Seule la sensation olfactive resta, toujours aussi présente. Elle frissonna, puis se laissa glisser sous la couette en espérant, aussi désagréable que soit l'expérience, qu'un autre épisode viendrait à nouveau la surprendre et qu'elle pourrait se souvenir de quelque chose.

Chapitre 16

Elle décrocha dès la première sonnerie. Sans autre forme de politesse, comme à son habitude, le vieil homme lui demanda ce qu'il en était :

— Avez-vous une idée plus précise ?

— Je pense que nous avons vu juste. J'ai quelques indices qui nous orientent vers notre hypothèse de départ.

— Vous avez pu discuter, vous rapprocher d'elle ?

— J'ai l'impression qu'elle me considère davantage, je pense que notre relation s'améliore.

— Parfait. Il faut en savoir plus.

— J'ai tout de même bien du mal à cerner le personnage, très secret. Je ne suis pas sûre qu'elle se confiera.

— Continuez et tentez d'obtenir plus d'informations. Faites-moi votre rapport écrit détaillé comme d'habitude, que je puisse suivre l'évolution.

— Pas de problème, je vous envoie ça dans la journée, comme prévu.

Chapitre 17

La seconde partie de sa nuit fut plus calme, Charlie s'était rendormie et le sommeil avait trouvé son chemin, linéaire et sans obstacle, vers le petit matin. Elle quitta le cocon familial bien avant que le soleil ne se lève afin d'accueillir à la brigade l'équipe cynotechnique.

À son arrivée, ils étaient déjà là, chiens et maîtres, prêts à partir. Charlie ne perdit pas de temps en formalités et fit le briefing dans la salle de réunion, plans déployés sur la table. Elle s'adressa au responsable de l'équipe cynophile, l'adjudant Cédric Perec. Il était accompagné d'un équipier et chacun avait deux chiens.

— Je vous montre les périmètres que nous avons délimités pour vos premières investigations. C'est assez large, mais ça part des lieux où les deux victimes ont été découvertes. Qu'est-ce que vous en pensez ? Ça vous paraît faisable ?

L'adjudant Perec regarda le chantier qui les attendait.

— Avec les chiens et les drones, on devrait pouvoir couvrir un premier périmètre aujourd'hui. Mais je ne peux pas faire travailler les chiens trop longtemps pour ne pas les épuiser et nous devrons faire des pauses toutes les vingt minutes.

Tout le monde se retrouva dehors en attendant les ordres et, surtout, en observant les deux hommes et leurs animaux qui se préparaient comme des sportifs de haut niveau.

Un des gendarmes s'approcha, identifia les deux malinois, mais ne parvint pas à reconnaître les deux autres.

— C'est bizarre ce petit chien, pour une recherche de restes humains, non ? Les malinois, ce n'est pas plus efficace ?

L'adjudant Cédric Perec leva les yeux vers son collègue.

— Vous vous souvenez de l'histoire de la journaliste suédoise Kim Wall, disparue en 2017 à bord d'un sous-marin ? Tous les médias en avaient parlé. Vous savez comment son corps a été retrouvé ?

— Non, aucune idée.

— Grâce à un de ces springer anglais, spécialisé dans la détection aquatique. Il était à la proue d'un bateau à moteur en baie de Køge, à Copenhague, et a sniffé l'air au-dessus de l'eau jusqu'à détecter les bouts de cadavre.

— Désolé, je ne savais pas qu'il y avait d'autres races pour ce genre de recherches.

— Ce qui compte, ce sont les individus et le flair. Les springers anglais sont nickel pour des recherches en milieux difficiles, en forêt notamment.

Charlie avait pris les plans et donna le signal du départ vers le premier site. Elle s'adressa à l'équipe cynotechnique :

— Nous allons démarrer sur le lieu de découverte de la première victime, la femme. Tout est prêt.

En arrivant sur place, ils partirent à pied tous ensemble du bas du chemin, puis remontèrent vers le premier périmètre.

— On l'a trouvée ici, dit-elle en leur montrant l'orée de la forêt et les stigmates encore visibles.

— Alors, on part de là. Un à droite, l'autre à gauche. On utilisera aussi le drone. Ça vous va ?

— Je vous accompagne et on communiquera par radio avec votre collègue si besoin.

Ils se séparèrent et le travail commença. Charlie suivit l'adjudant Perec et son springer, excité à l'idée de se lancer dans les recherches.

Ils marchèrent un moment en suivant la forêt comme ils l'avaient planifié. Au bout de vingt minutes, l'adjudant s'arrêta pour que Butch puisse se reposer. Sa langue pendait sur le côté de sa gueule et il haletait malgré la fraîcheur de cette matinée. Les deux gendarmes discutèrent des différentes technicités développées à Gramat.

— J'ai vu que vous formiez des chiens et leurs maîtres à la recherche d'explosifs dans une foule. Vous avez testé ça lors de l'Euro en 2016, non ? demanda Charlie.

— La technicité REXPEMO[13]. Au CNICG[14], nous sommes les seuls en Europe à faire ce type de formation.

Butch sautilla sur place comme pour informer son maître qu'il était prêt à repartir.

Ils continuèrent, mais rien ne passa sous la truffe de Butch. Aucune senteur de mort ne vint titiller ses millions de cellules olfactives. Rien non plus du côté de son collègue, ni du drone. La matinée et le début d'après-midi se déroulèrent sans aucun autre indice récolté, les quatre chiens ayant bossé au maximum de leurs limites.

Charlie réunit tout le monde pour un débriefing déprimant. Elle passa sa main dans les cheveux, puis se frotta les yeux, l'air découragé. Elle avait misé gros sur l'équipe cynotechnique. Mais à quoi s'attendait-elle ? À découvrir un autre cadavre planté au milieu d'un champ labouré, comme un épouvantail ? Ou la tête de la première victime sur une pique ? Elle ne savait pas vraiment, elle espérait trouver quelque chose qui l'orienterait enfin dans la bonne direction. L'adjudant Perec n'était pas aussi pessimiste. Ils avaient encore plusieurs zones à explorer et ils n'allaient pas partir maintenant. Ils mèneraient leur investigation parallèlement à l'enquête de Charlie.

Elle remercia toute l'équipe et se retrouva coincée en boucle, avec sa déprime. Elle enrageait intérieurement de ne rien avoir à se mettre sous la dent. Devant le *paper board* où Amy avait écrit hypothèses et théories, elle essaya de lutter contre sa colère naissante, toujours contre-productive en ce qui la concernait, et se recentra sur les faits. Tout tournait dans sa tête et fixer cette feuille de papier commençait à troubler sa vue.

L'irruption de Martinez et d'Amy la sortit de sa torpeur mélancolique et elle tourna la tête vers l'adjudant-chef. Il brandissait devant lui la photo de leur seconde victime, trouvée dans son dossier de police.

— Quelqu'un l'a reconnu ! annonça-t-il en souriant.

— Sans déconner ? Qui ? répondit Charlie.

— Une de mes patrouilles a fait le tour des domaines agricoles du village voisin et un exploitant l'a reconnu. Il a travaillé pour lui, il y a presque quarante ans, dans les années 1980.

— Il s'en est souvenu ? Comment est-ce possible ?

— Il s'est passé quelque chose pendant la saison de la taille des vignes. Il y a eu un incident avec un autre gars et une fille. Une histoire d'attouchements. Il aurait fait du gringue à une petite qui travaillait là aussi. Un gros lourd aux dires de l'agriculteur. Il s'est pris la tête avec le mec de la fille.

— Pas de plainte ? Rien n'est relaté dans son dossier ?

— Rien, non. Pas d'affaires de ce genre, dit Amy.

— En quoi ça nous aide ? demanda Charlie en espérant quelque chose de plus.

Ces deux acolytes la regardaient, tout sourires. Il y avait quelque chose.

— Vous n'allez pas le croire, capitaine...

Charlie leva les mains et tendit le cou.

— Oh mais Martinez, allez putain, dites-moi !

— L'agriculteur nous a dit qu'après l'avoir viré, il a trouvé du boulot comme saisonnier sur l'exploitation de la famille Seirgalal.

— Et il paraît qu'il y a eu un problème aussi là-bas, ajouta Amy.

— Quoi comme problème ?

— Il n'a pas su nous le dire. Ce serait pour cette raison qu'il n'est plus revenu après dans la région. On ne l'a plus vu à partir des années 1990. Donc, c'est à ce moment-là qu'il s'est passé quelque chose.

Elle se retourna vers la feuille du *paper board*.

— Bon, même si ce ne sont que des ragots, le nom des Seirgalal revient souvent. Ou c'est moi qui fais une fixette ?

Amy s'avança pour relire ses notes.

— Je ne sais pas si c'est une fixette, mais je suis d'accord avec toi, il y a beaucoup de coïncidences. Je pense que l'on peut voir avec le proc pour lancer l'enquête vers cette famille. Il y a matière à argumenter, non ?

Charlie s'assit pour réfléchir. Elle sentait qu'elle devait suivre cette direction, elle le savait. Même si les arguments étaient ténus, elle espérait pouvoir convaincre le haut du panier de lancer une investigation sur cette famille. Pas sûr que ça passe. Code pénal, intuitions et rumeurs, ça ne fait pas bon ménage.

Chapitre 18

Charlie s'allongea sur le canapé de la salle de réunion, un bras sur son visage. Amy, n'osant pas la déranger, resta dans l'encadrement de la porte.

— Je sais que tu es là, je ne dors pas.

— Alors ?

— J'ai appelé le boss. Il n'a fait que grogner et m'a dit qu'il refusait de contacter le proc pour lui raconter mes conneries et que je n'avais qu'à le faire moi-même.

— Et ?

— Je m'y suis collée ! Lui aussi a râlé, mais moins fort, question de position. Il réfléchit avant de prendre une décision et ne veut surtout pas de vagues. On attend, conclut Charlie, résignée.

— On va manger ? demanda Amy.

— Ma parole, tu ne penses qu'à bouffer !

— Je me dis que ça ne sert à rien de ruminer dans notre coin. Le proc ne va pas appeler ce soir. Autant en profiter pour se faire un bon resto, j'en ai essayé plusieurs depuis que je suis ici.

Charlie se dit qu'elle avait sans doute raison. Elle avait relu les dossiers et les notes plus de dix fois, sans succès. Alors, elle se leva et suivit Amy qui lui promettait merveilles culinaires et spécialités locales dans un bouiboui conseillé par l'adjudant-chef.

Les deux femmes, une fois arrivées devant le restaurant, levèrent la tête vers la devanture qui annonçait d'emblée la couleur : *Bienvenue à l'auberge de la perdrix faisandée.* Celle-ci avait dû ouvrir ses portes deux ou trois siècles auparavant et n'avait pas bougé depuis. Charlie entra et s'arrêta, interdite. Amy rit devant la mine déconfite de sa collègue.

Elles s'installèrent contre la cheminée immense qui ronflait ; de nombreux clients étaient attablés dans ce lieu chaleureux et rustique.

Amy sembla à son aise et commanda pour toutes les deux. En attendant, elles dégustèrent un petit vin blanc légèrement sucré qui eut raison des dernières résistances de Charlie. Elle s'appuya sur le dossier de sa chaise et se détendit un peu plus.

— Parle-moi de toi.

Amy fut surprise de la requête de celle qui tenait tant à mettre de la distance entre elles depuis leur rencontre. Charlie se pencha sur la table et regarda sa collègue se débattre avec ses interrogations.

— Je ne pensais pas que cela t'intéressait, tu me prends au dépourvu.

Charlie lui fit un signe de la tête tout en buvant une gorgée de vin.

— Ne te fais pas prier, raconte-moi tout. Avec un prénom et un nom pareils, j'aimerais en savoir plus.

Elle expliqua qu'elle était franco-américaine. Sa mère, française, étudiait aux États-Unis quand elle rencontra son père. Amy était née là-bas et y avait vécu, puis était rentrée en France à 14 ans.

— Tu as fait quoi comme études ?

— Psychologie et criminologie. J'ai même fait un stage au FBI à Quantico.

Charlie se redressa sur sa chaise, plus intéressée que jamais. Amy lui raconta le système policier dans les États, la police fédérale, les crimes sériels, beaucoup plus nombreux qu'ici.

— La France a son lot de tueurs en série, même si le Code pénal ne mentionne pas ce terme. Les premiers identifiés comme tels s'appelaient Dumollard, Vacher, et Landru le plus célèbre.

— Tu crois que notre gars est un tueur en série ? demanda Charlie.

— Je ne sais pas. Pas la peine de penser à ça, on est là pour faire le vide.

Charlie tendit son verre et trinqua avec sa collègue. Le menu s'avéra succulent. Elles dégustèrent leurs plats, en silence, chacune dans leurs pensées, sans que cela ne les gêne. Amy revint la première dans la réalité. Elle voulut en savoir plus sur Charlie, sur sa vie en dehors de la gendarmerie.

— Tu as une famille ?

— Un mari, Mathieu, qui est instit, et une fille de 5 ans, Léa. Une vie de famille classique, d'une banalité, limite ennuyeuse. Si j'étais un personnage de roman, je serais pitoyablement sans relief.

Amy sourit en sachant que ce n'était pas tout à fait vrai.

— Et ton prénom ? Pas très courant en France. Ça vient d'où ?

— Je ne sais pas. J'ai été adoptée et j'ai gardé mon prénom de naissance. Mes parents biologiques sont morts. Je n'en sais pas plus et, pour tout te dire, je n'en ai jamais éprouvé le besoin.

— J'ai regardé ton dossier un peu avant de venir ici. Par curiosité.

— Ah bon ? tiqua Charlie.

— J'aime bien avoir une idée de la personne avec qui je vais travailler.

— Pas moi ! Je préfère me fier à ce que je vois, mais je peux comprendre.

— Je voulais simplement connaître ton cursus. Ce n'est pas banal quand même, exercer comme avocate, puis passer le concours d'officier de la gendarmerie.

— Une autre vie. Rien qui ne vaille la peine d'en parler.

Charlie n'aimait pas se livrer, surtout à des inconnus. Amy semblait intéressée par sa précédente vie. Elles travaillaient ensemble sur une enquête complexe, alors elle ne trouva pas de raisons valables de lui dissimuler quoi que ce soit. Charlie lui raconta comment elle était devenue avocate et les raisons qui l'avaient poussée à arrêter deux ans plus tard.

Amy voulut en savoir plus sur ce choix.

— Ton père est connu dans le milieu. Me Durandanier. Une pointure. Tu avais choisi de marcher sur ses traces ?

Charlie s'assombrit à l'évocation de son père et assena, acerbe :

— Une pourriture, tu veux dire. L'avocat des politiciens locaux et des hommes d'affaires véreux.

— Désolée, je ne voulais pas remuer des choses désagréables.

Charlie secoua la tête tout en se resservant un verre de vin.

— Je l'admirais quand j'étais jeune et j'avais choisi de faire comme lui. Je n'avais pas conscience de ce qu'était vraiment son boulot. Je ne voyais que le côté fastueux et son aura auprès de nos amis. Aujourd'hui, je n'ai que du mépris pour lui.

— Tu lui parles toujours ?

— Non, plus du tout.

Amy sentit sa collègue se fermer et changea de sujet :

— La gendarmerie, ça te plaît bien finalement ?

De fait, Charlie retrouva son sourire à l'évocation de son métier qui la passionnait.

— Je me sens dans mon élément et j'irais encore mieux si on résolvait cette maudite affaire.

Après le dessert, l'aubergiste leur offrit un digestif qu'elles acceptèrent avec plaisir. Elles sentirent l'eau-de-vie leur brûler la muqueuse de la bouche et de l'œsophage, sans qu'elles n'arrêtent leur geste. Charlie les resservit. Elle avait abusé de l'alcool ce soir, mais ses effets apaisants l'enveloppaient. La sensation de bien-être qui s'empara d'elle annihila les autres, négatives, qui pesaient sur les muscles de son corps et ses neurones. Charlie, son verre miniature à la main, regarda Amy dans les yeux.

— Tu n'as plus de questions ? La dernière fois, à la brigade, tu m'as interrogée sur mes cauchemars. Tu ne veux pas en savoir plus ?

— C'est vrai. Je te disais que c'est parfois instructif de faire analyser ses rêves.

— J'ai dû répondre *Rien à foutre* ou un truc du genre.

Amy se tendit en attendant la suite.

— J'ai menti, ajouta Charlie. Ces cauchemars m'obsèdent depuis des années. Je me demande parfois comment j'arrive à rester saine d'esprit. Je les note dans des carnets, des centaines de pages gribouillées, des fragments d'images dont je me souviens à mon réveil.

— Des cauchemars, c'est le lot de tout le monde. À quel âge as-tu commencé à en faire ?

— Vers 20 ans. Enfant, c'était juste de temps en temps, mais à compter de cet âge-là, c'est devenu très fréquent. Depuis quelques années, je me penche sérieusement dessus.

— Tu as trouvé des réponses ?

— Pas vraiment, plutôt des questions, sourit Charlie.

Elle était sur la réserve, ne sachant pas trop comment Amy allait réagir. Néanmoins, elle prit le risque de lui dévoiler son intuition, même si c'était dingue ou stupide.

— Un jour, j'ai repris mes notes et j'ai fait une synthèse. Je crois que je rêve de mes enquêtes.

— C'est normal, comme tout le monde. Après ta journée, ton inconscient travaille. Pour t'aider à avancer, à classer tes idées.

— Non, ce n'est pas ça.

— Je ne comprends pas bien. Explique-moi tes derniers cauchemars. Tu les as notés ?

— J'ai rêvé d'une des scènes de crime, je crois que c'était ça. Du meurtrier et de la première victime. Je l'ai vue, je sais à quoi elle ressemble.

Amy écarquilla les yeux et se laissa retomber sur le dossier de sa chaise. Elle mit un moment à rassembler ses idées. Toutes les deux se regardèrent, l'une inquiète, l'autre subjuguée.

— Tu es en train de me dire que tu as en quelque sorte des visions de ce qu'il se serait passé ?

— Je crois bien, oui.

— Une perception extrasensorielle. Incroyable, murmura Amy avec un sourire.

Charlie resta silencieuse devant l'excitation inattendue de sa collègue.

— Tu sais à quoi ressemble la première victime. Nous allons faire un portrait-robot et avancer dans l'enquête.

Charlie était abasourdie, la réaction d'Amy avait eu le mérite de la faire dessoûler en un instant. Elle ne savait pas à quoi s'attendre en lui avouant son secret, mais certainement pas à cet enthousiasme.

— C'est tout ce que tu trouves à me répondre ? *On va pouvoir faire un portrait-robot.* Tu m'as entendue ou pas ?

Il n'y a vraiment rien qui te choque ? Alors que je te parle de putains de visions, que je suis folle à lier !

— Tu n'es pas tarée, tempéra Amy.

— Je te livre un truc que moi-même j'ai du mal à appréhender et on dirait que tu viens de recevoir la meilleure nouvelle de ta vie. Je me demande laquelle de nous deux est la plus atteinte.

— Écoute, tu es différente, c'est tout. De nombreux psychologues et physiciens ont travaillé sur la parapsychologie, ce n'est pas du domaine du farfelu.

— Tu crois ? Là, tu ne me rassures pas. Et je ne vais pas faire de portrait-robot de la vieille de mes rêves. Hors de question que l'on parle de ça, tu m'entends !

Amy acquiesça, comprenant l'attitude de sa collègue, mais elle eut du mal à contenir son engouement. Charlie se maudit d'avoir parlé. L'alcool. Elle était morte d'inquiétude. Pourquoi avait-elle livré son plus grand secret à une parfaite inconnue ? Inconnue qui ne s'attendait pas à cette révélation : Amy n'en revenait pas, ils étaient vraiment tombés juste.

Chapitre 19

Il s'était figé dans ses pensées après avoir marqué, par anticipation, une troisième croix rouge sur le tableau de sa mission en ces terres maudites. Son esprit et son corps étaient concentrés sur l'organisation de la suite des événements. Cette fois, les flics feraient un rapprochement, il lui restait peu de temps pour achever son œuvre. Le risque de se faire prendre augmentait, mais il était confiant et ne baissait pas la garde.

Depuis le début, la volonté et la détermination le faisaient avancer, prenant le pas sur ses autres émotions. Parfois, il se demandait comment il avait réussi à parcourir tout ce chemin. Des années de persévérance. Il fallait vraiment qu'une force puissante l'y ait poussé, celle développée sur les ruines de son enfance, sur le désespoir qu'il avait connu. Des racines vivaces et rageuses s'étaient étendues, sans que rien ne les empêche de pousser, dans la terre de sa profonde tristesse. Il rencontra ses premières douleurs psychologiques et physiques tôt dans sa vie. L'orphelinat. Les foyers. Les familles d'accueil. D'aucuns diraient que c'étaient des clichés, mais pour lui, ce fut comme se perdre un peu chaque jour. Comme si son cerveau et son inconscient se transformaient, comme si des évolutions se produisaient au fur et à mesure de sa désillusion et de sa tristesse. Fut-il jamais un enfant joyeux ? Il ne savait plus. Il se souvenait en revanche des effets de ces mutations, subtiles, puis évidentes au fil du temps. Il devint plus introverti, se demandant pourquoi sa vie ne ressemblait pas à celle des autres. Puis, résigné et détaché de ce qui lui arrivait, un questionnement sourd s'était emparé de tout son être, lancinant. *Qui et où étaient ses géniteurs, son père et sa mère biologiques ? Que s'était-il passé pour qu'ils ne veuillent pas de lui, qu'ils l'abandonnent et le rejettent dès sa naissance ?* Il existait forcément une explication à cet état de fait. Il avait échafaudé toutes sortes d'hypothèses, noirci des pages entières d'explications possibles toutes plus stupides les unes que les autres. Il était obsédé par sa filiation, par les raisons de son abandon. Il ne comprenait pas. Il n'était qu'un nouveau-né, un tout petit enfant, sain, sans vice, rien qui puisse pousser des parents à le jeter comme un moins-que-rien. Pourquoi ne l'avaient-ils pas noyé comme un chiot dont on ne voulait pas s'embarrasser ? Toutes ces questions tourbillonnaient dans sa tête, et ces interrogations obsessionnelles le détruiraient. Un jour viendrait où cela le rendrait fou. Alors qu'il venait à peine de sortir du monde de l'enfance, il décida de découvrir d'où il venait. Il se jura que rien ne viendrait compromettre cette quête. Et il tint sa promesse. Cela n'apaisa pas cette blessure intime ancrée en lui, inscrite jusque dans son patrimoine génétique, plaie béante et sanguinolente qui jamais ne cicatriserait. Cette découverte n'eut donc pas l'effet escompté. Au contraire. Elle fut comme un poison, s'instillant doucement au cœur même de toutes les cellules de son corps, pour le transformer progressivement. Elle fut douloureuse, comme si un mauvais esprit lui arrachait les tripes de l'intérieur. L'abandon avait entraîné de subtiles modifications, changeant peu à peu sa personnalité. Le pourquoi de cet abandon acheva de les rendre indélébiles. Cette révélation fit de lui quelqu'un d'autre, à jamais.

Des gémissements parvinrent d'une des cages. Il tourna la tête vers l'ombre que la faible lumière de la cave projetait sur le sol. Le troisième était là, dans son antre, prêt à mourir. Une nanoparticule de pitié caressa son cortex, vite réprimée. Il allait se charger de lui tout de suite avant de s'occuper du suivant. La feuille de route affichée devant ses yeux lui indiqua l'identité de la prochaine personne à tuer et où la trouver.

Chapitre 20

La nuit sur le canapé de la brigade ne fut pas aussi réparatrice que Charlie l'avait espéré. Ce qu'elle avait raconté à Amy la perturba. Lorsque enfin elle s'endormit, ses angoisses laissèrent place à un de ses cauchemars. À son réveil, elle prit soin de noter le contenu de son rêve. Cette fois, tout était très clair, les images, les sensations ressenties, les odeurs et les bruits. Durant quelques minutes, une migraine lui torpilla les globes oculaires de l'intérieur. Elle repensa de nouveau à sa soirée et n'en revint pas de sa stupidité. Des années qu'elle gardait ce secret et voilà qu'avec un peu de vin, elle se mettait à table. Charlie était plongée dans ses réflexions, épuisée et d'une humeur massacrante, lorsque Amy déboula dans la pièce.

— Alors, cette nuit ?

— Horrible !

— C'est l'alcool, ça fait mal aux neurones, ça les tue même.

— Pour hier, comment t'expliquer, je n'étais pas trop dans mon état normal. *Picolo picolette* et je dis n'importe quoi. Tu oublies, c'étaient des conneries.

La flic ne la crut pas, mais elle ne releva pas. L'affaire était réglée et, de toute façon, l'adjudant-chef venait d'entrer dans la salle de réunion, sonnant le début de la journée de travail.

— Martinez, faites-nous un état des lieux, commença Charlie.

— L'équipe cynotechnique repart ce matin pour continuer à balayer le périmètre. L'enquête de terrain concernant notre seconde victime, Paul Meinargno, se poursuit et on espère recevoir les résultats de la génétique aujourd'hui.

Il ajouta que l'analyse de la peinture rouge, produit bon marché vendu à l'hectolitre dans tous les magasins de bricolage, n'avait rien donné. Silencieuse, Charlie scruta ses collègues. Elle se sentait bloquée dans son enquête, impuissante. Cela lui arrivait à elle aussi. Cette affaire allait devenir un *cold case.*

— Tu ne crois pas que nous pourrions creuser quand même du côté de la famille Seirgalal ? En douce ? proposa Amy.

— Ça va nous créer des problèmes, non ? s'inquiéta Martinez.

Les voix de ses collègues la sortirent de son mutisme :

— Peut-être, mais là, je n'ai pas d'autre idée.

Un des gendarmes de la brigade les interrompit en frappant à la porte, une liasse de papiers à la main :

— On a reçu les résultats des analyses ADN.

— Enfin ! s'écria Charlie en se précipitant vers lui.

Elle le remercia, posa les feuilles sur la table et tous trois les lurent. Amy comprit la première :

— Nos deux victimes ne sont pas dans le FNAEG. Ni aucun membre de leur famille.

La suite ne les arrangea pas. Ils découvrirent qu'il n'existait pas de correspondance génétique entre elles. La femme décapitée et l'homme torturé n'avaient aucun lien de parenté. Charlie balaya le document dans un geste de rage. Elle fit les cent pas en maugréant.

Amy et Martinez, impassibles, l'observèrent, eux aussi dépités par la nouvelle.

— Je suis sûre que tout va se débloquer. L'enquête de terrain continue et nous allons fouiller dans les affaires des Seirgalal, lui dit sa collègue.

L'adjudant-chef acquiesça d'un hochement de tête, ne sachant pas quoi dire devant la réaction de la capitaine. Il s'empressa de quitter la salle de réunion et laissa les deux enquêtrices à leurs réflexions. La gendarme, toujours en mouvement, ne réagit pas. Elle tenta de retrouver son calme, en continuant à marcher. Amy attendit, assise, et pensa à leur conversation de la veille. Pouvaient-elles utiliser ce que Charlie avait vu dans ses rêves ? Devait-elle remettre ça sur le tapis ? Elle chassa cette idée, mais à un moment ou à un autre, il faudrait bien en reparler.

Comme si l'ambiance n'était pas assez pesante, le procureur choisit cet instant pour appeler. Il fit bien comprendre aux deux capitaines qu'il n'était pas partant pour enquêter sans raison sur un édile et sa famille, aussi bizarre fût-elle. Cela eut le mérite de faire recouvrer son sang-froid à Charlie.

— Allons faire un tour à la mairie. Après tout, on a déjà consulté le cadastre au sujet de leurs terrains, on trouvera peut-être d'autres informations.

La secrétaire de mairie, Mireille, fut ravie de pouvoir les aider. *Tu m'étonnes*, pensa Charlie en espérant qu'elle n'exigerait pas de document officiel attestant de leur bon droit. Heureusement, son enthousiasme occulta ce détail. Les deux capitaines lui demandèrent le relevé de l'état civil des Seirgalal ainsi que l'accès aux archives. La secrétaire accepta et proposa même gaiement de leur dévoiler les on-dit qui couraient sur cette grande famille.

— Commençons par l'état civil, si vous le voulez bien, dit la gendarme.

Mireille s'avéra efficace malgré sa forte propension à parler en continu. Elle teinta ses recherches des différentes rumeurs amassées au fil des années. En presque trente-cinq ans de bons et loyaux services à la mairie du village, elle avait eu le temps d'en entendre des vertes et des pas mûres. Amy prenait des notes pendant que Charlie et la secrétaire triaient les documents, ressortant des actes de naissance et de décès, des certificats de mariage. Beaucoup étaient informatisés. Les deux capitaines eurent droit à un cours sur la naissance de l'état civil laïque confié aux maires en 1792 alors que le clergé en avait jusqu'ici la charge. Amy s'inquiéta de savoir si elles allaient devoir remonter si loin. Dieu soit loué, Mireille, en fine connaisseuse du sujet, leur affirma que non. Cette famille n'était arrivée dans le village qu'en 1920. Elle avait alors acheté tout ce qu'il y avait à vendre. Le manoir et les terres agricoles. Leur descendance se composait de deux filles, l'une morte et l'autre disparue, et de deux garçons.

— Et que savons-nous d'eux ? demanda Charlie.

— Ils sont nés en 1922 et 1923, mariés avec des femmes du village. De bons mariages, arrangés, pour faire grossir le patrimoine avec la dot. Puis, ils ont eu des enfants.

Amy soupira.

— Franchement c'est un vrai cirque, j'abandonne !

— Il faut qu'on essaie de comprendre, répondit Charlie.

La secrétaire sentit alors que c'était son heure. Elle se leva, saisit un stylo, une feuille de brouillon et entama un exposé sur la généalogie de la famille avec, il faut bien l'admettre, une certaine virtuosité.

— Nous avons donc deux garçons, descendants d'un premier couple que nous appellerons A, lança-t-elle, d'un ton professoral, en inscrivant la lettre sur le papier. Tous les deux se marient et forment, avec leur épouse, les couples B et C. Ce dernier a eu trois enfants, une fille, morte en 2015, sans descendance, et deux fils. Le premier est décédé à l'adolescence et l'autre a épousé une femme dont personne n'a jamais entendu parler. Il a quitté ce monde en 2018 et elle serait, d'après mes informations, toujours en vie. En tout cas, ils n'ont pas de descendance connue. De l'autre côté, les conjoints du couple B, mariés en 1943, et aujourd'hui décédés, avaient quatre enfants, deux d'entre eux sont morts et une a disparu de la circulation ; en revanche, le dernier a épousé une fille du village, le couple D. Le mari est mort il y a quelques années, mais la femme, Louise, vit toujours. Elle habite le manoir que vous connaissez. De leur union est né Jean Seirgalal, en 1972. Vous me suivez ?

Les deux enquêtrices acquiescèrent sans dire un mot. Encouragée par ce silence presque admiratif, la secrétaire poursuivit doctement sur la descendance du couple D.

— En plus de Jean Seirgalal, la fratrie se compose de deux sœurs disparues, et d'un frère, Arnaud, né en 1973, qui vit isolé dans une cabane.

— Une cabane ? s'étonna Amy.

— Oui, c'est un ermite, répondit Mireille sans paraître étonnée.

À son tour, Charlie questionna la secrétaire sur l'épouse du conseiller Jean Seirgalal.

— On ne sait pas grand-chose d'elle, si ce n'est qu'elle est née sous X, en 1972. Elle s'est suicidée à 22 ans, en 1994, répondit-elle, incollable.

— Combien ont-ils eu d'enfants ?

— Xavier, né en 1990, et Louis, en 1992. C'est un gentil garçon, atteint d'une malformation cardiaque. Et des jumelles, décédées en bas âge, en 1994, quelques semaines avant la mort de leur mère.

— Très bien, mais ça nous mène à quoi ?

— C'est une famille de tarés, répliqua la secrétaire. Tous ces malades, ces filles parties aux quatre vents et les autres, décédés trop tôt, ça fait beaucoup, vous ne croyez pas ? Quand on veut tout posséder, ça monte à la tête. Ils ont des trucs pas clairs à se reprocher. Toutes ces rumeurs sur eux. J'ai même entendu dire qu'ils avaient des enfants non déclarés.

— Ce ne sont que des histoires de bonne femme, dit Amy en se levant de sa chaise.

— Peut-être bien, inspectrice, mais croyez-moi, ils cachent quelque chose et tout le monde le sait.

Enfin, les deux enquêtrices apprirent que Xavier Seirgalal fréquentait une jolie brune arrivée dans la région depuis peu, ce qui déplaisait à son père, le conseiller.

— Elle est pourtant mignonne, la petite, et bien gentille. Elle a des yeux magnifiques, d'un bleu étrange, je n'ai jamais vu ça.

L'infirmière, madame Genevièvre, revint dans la discussion, à nouveau associée aux Seirgalal. Les deux capitaines devaient la rencontrer, en espérant que cette femme pourrait leur donner des renseignements plus crédibles.

Le téléphone de Charlie sonna alors qu'elles sortaient de la mairie. C'était Martinez et ça semblait urgent. La visite de l'infirmière attendrait.

Chapitre 21

Les deux capitaines retrouvèrent l'adjudant-chef à la brigade. Ils quittèrent le village sans prononcer un seul mot. Amy, à l'arrière de la voiture, se demanda ce qu'il se passait :

— Vous pourriez m'expliquer, peut-être ?

— Un troisième corps a été trouvé dans les vignes.

— C'est pas vrai ! Elles sont à qui ces vignes ? demanda-t-elle tout en connaissant déjà la réponse.

— À la famille Seirgalal, souffla-t-il en la regardant dans le rétroviseur.

Ils gardèrent le silence durant le reste du trajet et retrouvèrent rapidement la patrouille appelée sur les lieux. La gendarme, visage contracté, descendit immédiatement de la voiture. Elle se dirigea vers le cordon jaune délimitant un périmètre autour du corps et l'observa. Un homme nu. Sur le dos, entre deux rangées de ceps. Décapité. Mains sectionnées. Mutilation sur le bras droit au niveau du biceps. Propre. Comme les autres.

Les trois enquêteurs s'alignèrent comme happés par ce qu'ils voyaient.

— Je veux une analyse ADN en urgence. La totale, furent les seuls mots que Charlie prononça avant de regagner la voiture.

— Je m'en occupe, Martinez. Repartez avec elle. Et rentrez chez vous. Je vous tiens au courant demain, lui dit Amy en regardant sa collègue s'éloigner.

La flic s'inquiéta de savoir comment toute cette histoire finirait. Elle alla à la rencontre des techniciens, insista auprès d'eux sur l'urgence de la situation et l'importance des analyses. Sébastien lui promit de faire de son mieux. Comme les autres, dépassé par cette série de crimes, son humour s'était envolé au contact des désillusions des gendarmes. La légiste, elle aussi, n'en avait pas cru ses oreilles quand on l'avait appelée. En arrivant, elle aperçut la capitaine Jones et se dirigea vers elle en l'interpellant :

— Miss Floride ! Je n'en peux plus de vos cadavres. C'est quoi la suite ? Vous portez la poisse avec Meunier. Elle est où la gamine ? demanda-t-elle en se tournant dans tous les sens.

— Rentrée à la brigade, répondit Amy.

— Ce type d'enquête, ça flingue une motivation. Vous n'avez rien ?

— Que pouic, que tchi.

La légiste se pencha sur le corps et confirma le même mode opératoire que pour les précédentes victimes. La mutilation au biceps droit lui évoqua la suppression d'un signe distinctif, une marque de naissance ou un tatouage.

Les techniciens l'aidèrent à retourner le corps et ils découvrirent un symbole peint en rouge, comme sur les autres. Ici, c'était un carré.

Amy resta jusqu'au départ des équipes. Une même scène qui se répétait, presque la routine. La patrouille la ramena à la brigade. Elle y retrouva sa collègue qui n'avait pas voulu rentrer chez elle, trop ténébreuse.

— J'ai transmis ta demande pour les empreintes génétiques, et la légiste va faire l'autopsie en priorité.

— Merci.

— Ça va ?

— Non.

CHAPITRE 21

Charlie était assise sur le canapé, les mains posées sur ses cuisses, rigide.

— Les Seirgalal sont la clé de l'enquête, dit-elle dans un souffle.

— Qu'est-ce qui fait que tu en es si sûre ?

— Je l'ai vu.

— Dans un rêve, une vision ?

— Appelle ça comme tu veux, mais oui.

Amy s'assit à ses côtés, de plus en plus intéressée, espérant qu'elle ne se rétracterait pas comme l'huître sur laquelle on verse du citron.

— Tu as vu quoi, exactement ?

— Le manoir des Seirgalal et quatre individus alignés devant qui me regardaient. Ce sont les victimes.

— Mais nous n'avons trouvé que trois corps ! s'inquiéta Amy.

— Il y en a un autre, une femme. Dans mon rêve, elle et l'homme trouvé aujourd'hui se ressemblent.

— C'est pour ça que tu as demandé les analyses en priorité, pour voir si on pouvait découvrir leurs identités à tous les deux ?

Charlie hocha la tête. Le cerveau d'Amy tournait à plein régime, et plusieurs questions apparurent qu'elle n'osa pas formuler. Impatiente, elle voulut tout savoir sur ce rêve, pas uniquement des bribes.

— Tu te souviens d'autre chose ?

— Oui. Des ombres d'êtres humains en plus des victimes dont j'ai vu les visages. Je suis sûre que ce sont les prochaines proies du tueur. Il ne compte pas s'arrêter là.

Chapitre 22

Comme à son habitude, il décrocha dans la seconde, malgré l'heure tardive, et elle eut à peine le temps de mettre le téléphone à son oreille. Il entra dans le vif du sujet sans aucune formalité de politesse et elle fit de même.

— Alors, des nouvelles ?

— C'est elle.

— Vous êtes sûre ? Comment pouvez-vous être aussi péremptoire ?

— Elle me l'a dit. Elle m'a avoué avoir des rêves étranges et m'en a même décrit deux. Ce sont des sortes de visions. Sur l'enquête en cours. C'est extraordinaire. C'est bien elle.

Elle l'entendit soupirer comme s'il retenait sa respiration depuis quelques minutes. Un soupir d'espoir.

— Je suis soulagé que vous ayez pu avoir cette confirmation, Amy. Ravi vraiment.

— Ses perceptions sont étranges, elle ne contrôle rien du tout. Je pense même qu'elle tente de les neutraliser.

— Vous pensez pouvoir discuter avec elle de tout ça ? Plus en détail ? Rapidement ?

Amy parut moins sûre d'elle sur ce point.

— Elle reste très fermée. Je crois qu'elle regrette de m'avoir confié cela, alors pour ce qui est d'aller plus loin... Je ne sais pas comment je vais m'y prendre. J'ai peur que cela ne soit plus compliqué. Jusque-là, j'ai eu de la chance. Puis il y a l'enquête. Je ne peux pas me permettre de tout lui raconter maintenant.

— Il va le falloir, pourtant. Tenez-moi au courant et portez-vous bien, ma chère.

Il raccrocha sans qu'elle eût le temps de lui répondre.

— Vous aussi, murmura-t-elle dans le vide.

Chapitre 23

Amy partit à l'IML pour l'autopsie du troisième corps. Quant à Charlie, elle resta de nouveau à la brigade et retrouva le canapé de la salle de réunion. Elle maudit cette enquête et espéra le sommeil qui, contre toute attente, arriva rapidement. Sans interruption, sa nuit fut salutaire. Le lendemain, ses traits reposés n'échappèrent à personne.

Après le départ de l'adjudant-chef et de l'équipe cynotechnique, les deux capitaines se retrouvèrent seules et partagèrent leurs informations. Rien de nouveau dans les conclusions de la légiste. Comme pour les précédents, le corps avait été lavé. La peau du bras avait sans doute été retirée pour faire disparaître un tatouage et l'homme présentait un problème cardiaque. En parallèle, les équipes avaient fait le tour des exploitations principales des alentours, mais personne d'autre n'avait reconnu Paul Meinargno. Alors qu'Amy s'apprêtait à écrire ces éléments sur le *paper board*, elles entendirent quelqu'un monter les escaliers à la volée. Martinez fit aussitôt irruption dans l'encadrement de la porte.

— Capitaines, il faut venir.

Charlie le scruta, essayant de lire sur son visage.

— Vous avez trouvé un autre cadavre ? demanda-t-elle comme une affirmation.

— Non, pas du tout. Venez !

Elles le suivirent et quittèrent la salle de réunion. En arrivant à l'accueil, une scène déjà vécue les attendait : un homme, en treillis militaire, à la mine peu amène, hurlait sur un gendarme.

— Capitaine Meunier, je vous présente Jean Seirgalal, conseiller départemental. C'est le père de Xavier, vous savez, le garçon qui donnait de la voix là où on a trouvé la première victime, ajouta-t-il plus doucement.

La capitaine n'était pas dans des dispositions propices pour supporter l'égotisme de Seirgalal père, tout conseiller départemental qu'il fut. Elle ne prit pas la peine de mettre des filtres en s'adressant à lui :

— C'est de famille cette propension à gueuler sur les forces de l'ordre. Que voulez-vous ?

— Vous savez qui je suis ? répondit le conseiller.

— Décidément, les chats ne font pas des chiens..., dit Charlie en regardant ses collègues.

Jean Seirgalal devint rouge cramoisi et réagit avec encore plus d'agressivité :

— Qu'est-ce qui vous permet de me parler ainsi ? C'est inadmissible !

— Je vous parle comme je l'entends ou en tout cas sur le même ton que vous employez avec nous. Alors, descendez en pression parce que vous allez vite comprendre que moi aussi je ne suis pas n'importe qui ! Est-ce que je me fais bien comprendre ?

Comme son fils, il n'avait certainement pas l'habitude qu'une femme lui parle de cette façon. Sa morgue s'atténua aussi rapidement qu'elle était apparue. Tel père.

— Maintenant, dites-moi pourquoi vous êtes là.

— Ma mère a disparu, lâcha-t-il d'un ton brusque.

Les trois enquêteurs se regardèrent et la même pensée leur traversa l'esprit. Le conseiller venait de leur livrer sur un plateau le fil de la pelote qu'était devenue l'enquête. Ils allaient pouvoir tirer dessus, doucement ou d'un coup sec, telle était désormais la question qui restait en suspens.

— Et puis, tous ces crimes sur nos terres, c'est quoi ce bordel ?

Amy reprit pied la première et suggéra de l'installer dans un bureau pour prendre sa déposition. Guère plus calme, Jean Seirgalal expliqua que sa mère n'était pas rentrée la veille au soir. Cela ne l'avait pas inquiété. Elle allait souvent rendre visite à son frère et ne regagnait le manoir que le lendemain matin.

— Vous pensez que cela a un lien avec les meurtres ? questionna l'adjudant-chef.

— Ce n'est pas vous, les flics ? répondit-il du tac au tac.

— Où habite votre frère ? demanda Amy.

— Dans un hameau en haut du village, dans une sorte de cabane de chasse. Il vit isolé depuis belle lurette.

— Pourquoi ? insista-t-elle.

— Je n'en sais rien, enfin !

Moins patiente que sa collègue, la gendarme s'agaça de l'agressivité du conseiller et, pour clore la discussion, lui enjoignit de faire un signalement précis de sa mère : caractéristiques physiques, âge, vêtements et l'adresse précise de son frère.

— Vous êtes allé voir chez lui si votre maman n'y était pas encore ?

— Non. On ne se parle plus depuis longtemps, pas question que je me pointe là-bas. Il serait capable de me buter, ce con.

Le ton sans appel n'incita pas les enquêteurs à poursuivre. Charlie toisa Jean Seirgalal. *Tu ne paies rien pour attendre*, se dit-elle.

Il communiqua les renseignements demandés ainsi qu'un numéro où il serait joignable. Il leur fournit également une photographie de sa mère. Amy la regarda et la fit passer à sa collègue qui ne reconnut pas la fameuse quatrième victime de son rêve. Instinctivement, Charlie ouvrit un dossier, saisit un document, puis fit glisser un portrait de Paul Meinargno jusqu'à lui.

— Pouvez-vous me dire si vous reconnaissez cette personne, monsieur Seirgalal ?

Ce fut imperceptible. Des tressaillements, presque rien, les sourcils marquant l'étonnement et la lèvre supérieure indiquant un agacement certain. Quand il leur dit *Jamais vu ce type*, les deux femmes étaient persuadées qu'il mentait. Le conseiller n'ajouta rien.

— Nous vous contacterons dès que nous en saurons plus, l'informa-t-elle en se levant et en l'invitant à faire de même. Il sortit du bureau sans broncher.

Charlie se précipita pour fermer la porte et se retourna vers Martinez.

— Vous me trouvez la baraque du frangin et vous allez faire un tour là-bas. Demandez gentiment si sa mère n'est pas encore chez lui.

— Je rappelle l'équipe cyno ? lui demanda-t-il. Ils peuvent peut-être nous aider.

Elle acquiesça et dit à Amy :

— Si on allait rendre une petite visite à notre infirmière retraitée ? J'aimerais bien savoir quels secrets cache cette famille.

Chapitre 24

Les deux enquêtrices prirent la direction du village voisin. L'adresse donnée par le jeune gendarme les amena devant une petite maison qui semblait inoccupée. Les volets étaient fermés, le jardin à l'abandon.

— Ça ne sent pas bon, si tu veux mon avis.

— Ne me dis pas que même cette infirmière est une putain de rumeur. Mais c'est quoi ce bordel ? dit Charlie, énervée, en forçant le portillon en bois.

Il finit par s'ouvrir en grinçant de désespoir. Ne sachant pas quoi faire, elle cogna à la porte d'entrée, Amy sur ses talons, sans aucun espoir que quelqu'un vienne lui ouvrir. Une petite voix derrière elles les surprit :

— Elle n'est plus là.

En se retournant, elles se retrouvèrent face à une mamie, à la mine espiègle, mains jointes appuyées sur une canne, blouse colorée fleurie et cheveux gris en chignon serré.

— Elle est partie.

— Madame Genevièvre ? L'infirmière ?

— Oui. Y a un an ou deux. Pouf ! Partie.

— Pourquoi ? Madame ? demanda Charlie.

— Ça, elle a pas dit. Elle a déménagé comme ça, d'un coup. Jacqueline.

— Jacqueline ? répéta Amy.

— C'est comme ça que tout le monde m'appelle.

— Jacqueline, pouvez-vous nous parler de madame Genevièvre ? Vous nous dites qu'elle a déménagé, mais vous savez où ?

— Non plus. Je peux vous assurer qu'elle n'était pas fière, Michelle. On aurait dit qu'on lui avait fait peur. Comme quand on part parce qu'on a le diable au cul. Voyez ? J'ai pas compris. Un jour, elle était là. Elle venait à la maison faire des soins. Et le lendemain. Pouf ! Disparue.

— Et vous savez si sa maison est à elle ? Elle l'a vendue ?

— Pour sûr, la maison est à elle. Faudrait voir avec le notaire pour ça.

— Elle n'a pas d'enfants ?

— Non. Il lui reste une sœur.

— Merci, Jacqueline pour ces renseignements.

— Y a pas de quoi, mes belles.

Elle repartit avec sa canne qui semblait juste être là pour le folklore, sans rien demander sur l'objet de leur visite.

Amy n'y croyait pas, sourcils froncés et mains sur la tête en signe d'impuissance.

— Tu avoueras quand même que c'est dingue.

Charlie était elle aussi décontenancée. La disparition de l'infirmière ne pouvait pas être une coïncidence.

— Il faut lui mettre la main dessus. À tout prix.

Quand elles revinrent à la brigade, elles trouvèrent l'adjudant-chef en pleine discussion avec l'équipe cynotechnique. Sa visite chez Arnaud Seirgalal n'avait rien donné, ni la mère ni le fils n'étaient présents dans la cabane. Il leur décrivit l'endroit, un hameau abandonné pas loin du manoir avec des maisons en pierres, sans eau ni électricité. Le frère du conseiller vivait dans l'une d'elles, se lavait à la source et possédait un groupe électrogène.

— Le feu dans la cheminée était froid, on a trouvé une assiette qui traînait sur la table avec des restes datant de plusieurs jours.

Charlie lui demanda d'appeler les techniciens pour faire des relevés dans la maison et peut-être trouver des indices sur la disparition de la mère du conseiller. Depuis sa vision, elle était obnubilée par cette histoire d'ADN, cette filiation entre les victimes.

— Et vous, avec l'infirmière ?

— Aux abonnées absentes depuis un an ou deux, selon la voisine. Je vais creuser de ce côté-là, se proposa Amy.

Martinez avait reçu un rapport écrit de la légiste et il déchiffra les notes prises lors de sa lecture :

— Homme, la quarantaine passée. Carré rouge dans le dos. Malnutrition légère. Cardiopathie congénitale certainement traitée dans l'enfance, mais qui évoluait mal. Pour ce qui concerne la première victime, les analyses toxicologiques prouvent qu'elle avait reçu une dose de cheval de kétamine. Ça l'aurait tuée.

Charlie soupira, ne voyant rien d'utile dans tous ces éléments. Mais en attendant le sésame de la génétique, elle devait avancer.

— Je vais voir avec le conseiller pour qu'il récupère une des fringues de sa mère, pour la faire sniffer aux chiens. En espérant qu'il soit coopératif.

Chapitre 25

L'effervescence gagna à nouveau la brigade et le village. L'adjudant Sébastien Petit se demanda s'ils n'allaient pas installer une annexe de leur laboratoire ici. Au moins, ils seraient sur place pour la prochaine fois. Il questionna Martinez sur l'avancée de l'enquête.

— Pour l'instant, toujours rien. La capitaine Meunier souhaiterait une analyse ADN du propriétaire de la masure. Pour le comparer avec celui des victimes et au fichier. Et si vous pouviez également passer au crible l'intérieur et voir s'il n'y a pas des traces de sang ou d'autre chose.

L'autre grimaça.

— Je vais peut-être en trouver, mais à quoi ça va servir ? Vous savez ce que dit Edmond Locard, le père de la criminalistique : *On ne peut aller et revenir d'un endroit, entrer et sortir d'une pièce, sans apporter et déposer quelque chose de soi, sans emporter et prendre quelque chose de l'endroit ou de la pièce.* Vu l'état d'insalubrité de la bicoque, on risque d'être servi !

L'adjudant-chef haussa les épaules, lui aussi un peu démotivé.

— On vous fait ça. A-t-il seulement une brosse à cheveux, l'homme des bois ? soupira Sébastien.

Les techniciens s'habillèrent avant d'effectuer leurs prélèvements pendant que l'équipe cynotechnique se préparait à faire tracer les chiens grâce à un pull de la disparue prêté par son fils. Charlie l'avait sollicité pour obtenir un objet porté récemment par sa mère. Après quelques explications, il accepta qu'elle passe chercher un vêtement au manoir. Elle en avait profité pour scruter les lieux et confirmer qu'ils étaient identiques à ceux visités dans ses rêves. Belle bâtisse, intérieur rénové avec goût, entourée de champs et de vignes à perte de vue. Tout ça sentait bon l'argent. Cette odeur attirant souvent le pire, les murs avaient sûrement des choses à raconter sur la part d'ombre de cette famille. Charlie avait également tenté d'interroger Jean Seirgalal sur son mystérieux frère. Où pouvait-il être ? Que faisait-il de ses semaines ? Sa réponse fut très claire : il s'en foutait pas mal. Ils ne se parlaient plus depuis près de trente ans. En insistant, elle apprit tout de même qu'il passait son temps à chasser, qu'il partait des jours entiers dans la forêt sans rien dire à personne. Il était sûrement en train de se balader sur les hectares que comptaient leurs terres. *Bonne chance pour le retrouver !* Rien de plus ne franchit la bouche du conseiller départemental. Elle sentait néanmoins qu'une discussion plus intéressante aurait lieu dans les temps à venir, parce qu'il parlerait. Qu'il le veuille ou non, il parlerait.

Le temps est son seul maître et il s'écoule comme il l'entend, trop vite ou trop lentement, comme si cette invention de l'homme était devenue son pire ennemi. Ni la science ni leurs réflexions ne pouvaient le combattre. Charlie savait qu'il jouait contre eux, un piège pour les futures victimes, si sa clairvoyance était juste. Pour l'instant, elle ne pouvait lutter, devant suivre, impuissante, l'écoulement du flux des secondes conduisant à la fin de cette journée.

Amy resta avec les techniciens et laissa sa collègue partir avec l'équipe cynotechnique. Les chiens trouvèrent rapidement une trace entre le manoir et le hameau. Puis ils se dirigèrent à travers la forêt et s'arrêtèrent, dépités, malgré leur bonne volonté, devant la route qui courait le long du bois. Encore une impasse. Malgré son aigreur et sa colère, la gendarme devait garder la tête froide. Pas question de laisser ce tueur gagner la partie.

Le crépuscule prit le pouvoir sur le ciel et les hommes. Chiens et gendarmes regagnèrent la brigade, contrariés du peu de résultats obtenus après ces journées de travail.

Les prélèvements étaient prêts à être analysés. Sébastien fit comprendre à Charlie qu'elle n'était pas la seule à avoir des impératifs.

— Le labo est sous tension, je verrai ce que je peux faire.

— Les empreintes génétiques vont nous aider à résoudre cette affaire. Je sais ce que tu en penses, mais je suis certaine que tout ceci est une histoire de liens du sang. Il faut pousser nos investigations dans ce sens. Il y a cette femme enlevée, c'est une vraie urgence, insista-t-elle.

Il lui promit de faire passer en priorité l'analyse ADN d'Arnaud Seirgalal. Quant à la cabane, ils n'avaient rien trouvé de concluant, pas le moindre indice qui fasse penser à une agression.

La journée rendit les armes. Amy était là, déjà décidée à ne plus lutter, appuyée sur son 4×4, à l'attendre. Charlie sourit en sachant déjà ce qu'avait prévu son acolyte. La gendarme la prit de court quand elle lui lança :

— On va manger ?

Chapitre 26

Des semaines d'observation et de filature durant lesquelles il découvrit qu'elle venait voir son fils à pied, une fois par semaine minimum, pour lui apporter un peu de nourriture et, parfois, des habits. Des courses pour le petit chéri. Cela lui laissa une belle marge de manœuvre pour la choper. Ce qu'il fit à mi-chemin entre le manoir et le hameau. Elle résista, encore vigoureuse.

Maintenant, elle était là, dans son repaire. Et tous les deux allaient avoir une petite discussion. Assis à son bureau, il patienta calmement. Il connaissait toute l'histoire, ce qu'elle et son mari avaient manigancé. Une pièce rapportée pourtant, mais elle était parfaitement rentrée dans le moule et avait adhéré à la mentalité des Seirgalal. À croire que c'en était une vraie, de sang.

À la voir, recroquevillée dans sa cage de terre battue, frêle petite chose, cheveux blanchis certainement par la méchanceté, elle lui parut inoffensive. Imperceptiblement, elle bougea, reprit un peu plus de vigueur et, enfin, se leva. Sa tête heurta le plafond ; alors, elle se courba, puis s'assit, comprenant qu'elle ne pourrait pas se tenir debout. Elle grogna comme un animal.

Il la regarda et ricana en pensant aux humains, imbus d'eux-mêmes, qui n'étaient en réalité que des animaux. Leur véritable nature se révélait alors qu'ils étaient acculés par le chasseur.

— Alors, grand-mère, bien dormi ? J'ai dû faire en sorte que tu n'ameutes pas tout le village en criant comme une saloperie de bête que tu es. Mal au crâne ? Ne t'inquiète pas, ça ne durera pas. Je vais t'en débarrasser.

Les mains toujours sur la tête, elle observa son bourreau et sa geôle, véritable cachot, humide et puant. On croit pouvoir lire dans les yeux de ses pairs leurs frustrations, leurs peines et leur humeur. Mais ce ne sont que des inventions, percer les pensées et les secrets d'une personne est impossible. Pourtant, elle essaya, mais le regard de l'homme assis face à elle ne lui apprit rien, ne lui montra rien, excepté la taille de ses pupilles dans la pénombre de cette cave et la couleur de ses iris, d'un bleu nuit hypnotique. Elle ne sembla pas paniquée par ce qu'il lui arrivait. Elle voulait juste comprendre.

— Qu'est-ce que tu veux ? Pourquoi tu m'as emmenée ici ?

— Tu es bien comme je t'avais imaginée. Froide et rigide.

— Réponds-moi, espèce de morveux ! Qu'est-ce que tu attends de moi ?

— Rien du tout, grand-mère.

— Arrête de m'appeler comme ça, je ne suis pas ta grand-mère.

Qui pouvait-il bien être ? Cela ne servait à rien de lui poser des questions. Elle tenta une autre approche :

— Mes fils vont s'inquiéter, ils doivent me chercher.

— Tu veux dire ton fils ?

Elle tiqua. Son interrogation renforça son énervement et son impatience à tirer les choses au clair ; elle n'était pas du genre à s'en laisser conter. Elle s'accrocha aux barreaux et les secoua tout en criant sur l'homme debout devant elle, sourire d'ange aux lèvres :

— J'ai deux garçons, dis-moi ce qu'il se passe !

— Désolé, mamie, mais tu n'en as plus qu'un. Ne t'en fais pas, je vais aussi m'occuper de lui.

Elle buta sur ses mots, ne voulant pas entendre les paroles de ce fou.

— Tu ne saisis toujours pas, vieille bique ? Je vais te montrer, tu vas tout de suite te rendre compte de la situation.

Il se précipita vers le fond de son antre. Elle le suivit des yeux, s'interrogea sur la tournure que prenait cet improbable échange, plus en colère qu'apeurée. Il revint avec un sac plastique à la main, transparent, contenant ce qu'elle prit au départ pour un bout de gibier. Puis il se rapprocha et elle put distinguer plus clairement ce qu'il tenait. Le bourreau tendit le bras jusqu'à ce que sa main arrive à hauteur du visage de la vieille femme. Son corps eut une réaction violente et elle bondit en arrière pour fuir la vision d'horreur. Elle pressa sa main si fort sur sa bouche que les jointures devinrent blanches, étouffant son cri de désespoir et ses pleurs. Elle refusa l'évidence, alors que la tête, même sanguinolente et enfermée sous vide comme une denrée alimentaire, était reconnaissable.

— Tu vois, je te l'avais dit. Et ton aîné aussi finira emballé, lui lança-t-il en secouant sa main.

Elle ne parla plus, sanglotant de plus en plus fort, en position fœtale sur le sol de terre.

— Ça ne sert à rien. Si tu savais la quantité de larmes que j'ai versées, tellement qu'aujourd'hui elles sont taries.

Il était fasciné par la détresse de sa proie. Elle avait un point faible, finalement. Lui aussi en avait un. Cela l'énervait parfois, cette faille sur laquelle il ne fallait pas appuyer.

Il attendit que le larmoiement s'atténue. Les minutes s'égrenèrent sans que cela n'affecte sa patience.

— Mais tu es qui ? finit-elle par lui demander.

— Tu as compris que je n'étais pas là pour plaisanter. On va pouvoir parler de tout ça.

— Arnaud ne faisait de mal à personne, il vivait isolé du monde.

Elle se remit à pleurer comme si ses paroles ravivaient sa peine.

— Tu as raison, il n'avait rien à se reprocher. Dommage collatéral. Il fait partie du plan, dit-il affichant un large sourire.

— C'est quoi cette histoire ? réussit-elle à articuler entre deux hoquets.

— Si je t'appelle grand-mère, c'est que tu aurais pu l'être. Si on y réfléchit bien, tu aurais pu être ma belle-grand-mère. Je ne sais pas si ça se dit. Belle-mamie chérie ! s'exclama-t-il.

Les pleurs laissèrent la place à une incompréhension tenace, une membrane épaisse et noire qui enveloppa son bon sens et ses pensées. L'homme continua à parler :

— J'avais une vraie grand-mère. Mais j'ai dû la tuer. Un autre dommage collatéral. Ce sont quasiment tous des dommages collatéraux. Enfin, toi, tu n'en es pas un. Tu mérites ce qu'il t'arrive. Puis, il restera le frère de ça, dit-il en pointant son pouce vers le plastique rougi. Ensuite, à ton avis, il reste qui ?

— De quoi tu parles ?

— De ta putain de famille de dégénérés. Les Seirgalal, cracha-t-il.

Il observa ses réactions et, comme elle ne bougeait pas, ajouta :

— Secrets et argent. Tu ne peux pas me contredire sur ce point. Même si tu n'es qu'une pièce rapportée, tu t'es bien adaptée. Et tu sais quoi ? Eh bien ta famille est aussi la mienne. Surprise ! s'écria-t-il en tendant les bras vers le ciel.

Elle fronça les sourcils. Ses méninges disséquèrent cette information. De quelle branche de la famille pouvait-il être issu ? Il devait être à peu près du même âge que son petit-fils Xavier. Elle avait bien une fille qui s'était enfuie de la maison, plusieurs années auparavant. Non, ça ne collait pas, il venait de dire qu'elle aurait pu être sa belle-grand-mère, pas sa vraie grand-mère. Mais qui était ce gamin ?

— Qui sont tes parents ? tenta-t-elle de lui demander.

— Le nœud est là. Tu as oublié cette époque ? En même temps, tu as tout fait pour rayer de la carte cette méprisable histoire. Pas bon pour le pactole familial. Pas bon pour les gènes. La pureté du sang. Tout un programme.

— De quelle histoire ? commença-t-elle en laissant sa phrase en suspens.

— Ta mémoire serait-elle revenue ? Tu aurais dû trouver une solution plus radicale, mamie. Le passé revient te hanter.

Le voile obscurcissant sa réflexion devint de plus en plus fin, se transformant en une brume cotonneuse au fur et à mesure que les paroles de son bourreau résonnaient en elle. Elle chercha ses mots.

— Tu ne peux pas être...

Elle chassa le souvenir qui venait d'émerger, dissipant totalement ses questionnements. Comment avait-il fait pour les retrouver ? Ce ne pouvait pas être lui. Pourtant, elle ne put nier la réalité. Il avait les mêmes yeux qu'elle. Ceux de sa mère. D'un bleu métallique irréel.

— Toi, susurra-t-elle.

Au moment où elle comprit, il la fit sortir de sa cage et la jeta sur une table où il l'attacha. Et sans prononcer un mot, il commença les séances de torture. Rien ne pourrait l'arrêter, même pas ses excuses qu'elle n'avait pas l'intention de faire. Jamais elle n'avait pensé aux conséquences de leurs actes. Jamais aucun remords n'avait hanté ses nuits, n'avait bousculé sa vie. Il y avait eu un problème, il avait fallu le régler. Louise s'était endurcie avec le temps. Pour survivre, elle n'avait pas eu le choix. Être une femme dans une famille patriarcale était un statut peu enviable. Si tant est que ce soit le mot adéquat pour désigner une génitrice, comme ces vaches au pedigree intéressant pour le cheptel, une simple matrice au service de la filiation. Une dot, un objet apporté à un homme qui a un nom et souhaite le transmettre. Il fallait un sacré tempérament pour accepter ce rôle, être inébranlable, sans sentiment, sans état d'âme, pour essayer d'en tirer un semblant de bénéfice. C'est ce qu'elle avait fait. Plutôt facilement. Dans l'ombre de son époux, fortuné mais bête et pleutre, elle tenait les rênes de la famille. Du sang appauvri au fil des années, mais les femmes étaient là pour l'assainir, alors il fallait bien les choisir. Des terres et une belle croupe, pour agrandir la propriété et la famille, règles édictées par l'aïeul, auxquelles personne ne dérogeait. Louise avait accepté ce contrat. En plus des nombreux hectares de terres agricoles de sa dot, elle avait procréé deux mâles. Et deux femelles, inutiles. Au fil des années, le travail consistait à agrandir le domaine et à faire fructifier l'argent des Seirgalal. Mais les choses s'étaient compliquées. Une branche pourrie, sans aucune descendance mâle. Avoir une fille pour seule héritière était un risque qu'il fallait gérer. Seuls les mâles pouvaient être les dépositaires des biens des Seirgalal. En y pensant, allongée sur cette paillasse glacée, elle trouva ses propres arguments pathétiques et vides de sens. Qu'est-ce qu'elle racontait ? L'obsession de cette famille était devenue sienne et elle réalisait aujourd'hui la folie qui la gangrenait.

CHAPITRE 26

C'est donc ainsi que défilaient les dernières minutes de son existence, alors que tout était fini. Sa vie, surtout ses erreurs, ses regrets et ses remords passaient au crible de la conscience. *Pour quoi faire ?* prononça-t-elle tout haut.

— Tu parles toute seule !

Louise sursauta, réveillant son corps ankylosé d'entailles et de brûlures. Elle trembla. De froid, de douleur ou de peur. Certainement des trois. Allait-il enfin en finir ?

Elle s'attendait au pire. D'ailleurs, il lui avait précisé qu'il aimerait la dépecer vivante comme pour les lapins. Il riait de ses blagues, totalement déconnecté du monde réel. Son regard était fixe, ses pupilles dilatées pour capter le maximum de lumière. Elle devinait toute sa détermination et le dégoût qu'elle lui inspirait. Elle avait abandonné l'idée de le raisonner, après des suppliques vaines, et n'avait même pas l'espoir que quelqu'un vienne la sauver. Ce sentiment dérisoire n'apportait que malheur et tristesse. Il était mauvais, souillant sans répit le moindre recoin de l'esprit. Louise n'en avait jamais eu et ne s'en était pas plus mal portée.

Elle pensa à son petit-fils Xavier, à même de continuer la tradition. Il était le seul, comme bien souvent dans cette famille. Elle le couvait comme une chose à modeler, comme elle avait entouré, manipulé et dirigé ses fils, surtout Jean. Elle était inquiète de leur devenir. Ce psychopathe avait décidé de décimer toute la famille. Elle se demanda qui, avant elle et son fils, avait subi les affres de sa vengeance. Les suivants étaient clairement désignés. Elle leva la tête vers son exécuteur. Elle voulait mourir avec fierté. Était-ce possible quand quelqu'un vous arrache la peau ? Auraitelle la force de ne pas hurler ? Sa dernière volonté de ne pas craquer devant ce monstre était-elle possible ?

Le bourreau tournait le dos à sa victime, mais les bruits étaient identifiables. Ceux de la lame d'un couteau sur une pierre à aiguiser. Louise Seirgalal allait pouvoir juger si sa force de caractère était suffisante pour résister à l'ultime torture. Ses interrogations étaient justifiées. Personne ne pouvait mourir dignement en se faisant dépecer vivant.

Chapitre 27

Toute cette histoire l'empêcha de dormir. Ou était-ce parce qu'elle ne voulait plus faire ces rêves qu'Amy qualifiait, avec conviction, de visions. Jamais ils n'avaient été aussi distinctement reliés à une affaire en cours. Charlie avait parfois songé à cette idée de clairvoyance, mais avait ignoré l'évidence. Personne n'a ce pouvoir. Des conneries de bonnes femmes qui s'ennuient et consultent des médiums comme d'autres vont picoler au bistrot.

Après son aveu du cauchemar des ombres, elle ne se voyait pas dire à Amy que ce n'était rien. Elle ne serait pas crédible. Il fallait en finir, boucler cette enquête le plus vite possible, en espérant qu'ils retrouveraient Louise Seirgalal, vivante si possible, et arrêteraient le tueur. Elle en était là de ses pérégrinations mentales quand Amy et Martinez apparurent dans l'encadrement de la porte. Elle les scruta.

— Quand vous vous pointez tous les deux comme ça, vous me faites flipper grave. Pas de mort ?

— Ne t'énerve pas, il n'y a pas de cadavre, lui répondit la flic.

L'adjudant-chef tendit des feuilles à Charlie.

— Les derniers résultats des empreintes génétiques. De la troisième victime, l'homme décapité.

— Je m'y colle, dit Amy en s'asseyant.

Elle déchiffra le rapport, ses deux collègues penchés au-dessus de ses épaules.

— Il y a quelque chose...

— Quoi ? Mais vas-y, putain !

— Si tu arrêtais de crier, je pourrais continuer. Alors, laisse-moi regarder de plus près. Il n'est pas dans le FNAEG...

Charlie renversa sa tête en arrière et soupira.

— Attends ! et il n'y a pas de correspondance ADN avec les deux premiers morts...

— Et merde !

Amy ronchonna en lui lançant un regard noir et finit sa phrase :

— ... mais la recherche de parentèle a donné quelque chose. Notre homme a 25 % d'ADN en commun avec une sans-abri assassinée, à Paris, en 2017. Ils appartiennent à la même famille.

Elle leur détailla le rapport d'autopsie et les résultats de l'enquête de cet homicide. La femme, environ 70 ans, dont l'identité n'avait pas été déterminée, était morte égorgée, carotide sectionnée. Aucun indice, pas de rond rouge dans le dos, mais elle avait été nettoyée. L'affaire avait été classée et son profil génétique entré dans le FNAEG.

— Du coup, cette correspondance de 25 % nous mène à quoi ? demanda Charlie.

— Il y a une différence de vingt ans entre les deux. Demi-frère et demi-sœur ou neveu et tante, lui répondit sa collègue.

Ce lien familial les ramenait aux symboles peints sur les corps. Et la disparition de la mère du conseiller étant forcément associée aux meurtres, cela impliquait de fait les Seirgalal. Ils devaient trouver le chaînon manquant.

— Il faut faire leur arbre généalogique. Avec les données de l'état civil, nous aurons une vue d'ensemble plus claire et peut-être des pistes, lança Amy.

— Martinez, pendant que nous faisons ce travail, pouvez-vous trouver l'infirmière ? Nous devons lui parler.

Profitant du départ de l'adjudant-chef, la gendarme, qui avait aperçu dans le dossier une photographie de la sans-abri, l'observa attentivement. Même livide et allongée sur une table d'autopsie, elle la reconnut tout de suite. C'était celle de son rêve, la quatrième victime du tueur.

— La recherche de parentèle positive confirme ta vision. Donc, si nous prenons l'hypothèse qu'il y a un lien avec les Seirgalal, cette sans-abri et l'homme décapité sont sur une des branches de leur famille. Reste à trouver laquelle.

Amy se leva pour rejoindre le *paper board*. Elle tourna les feuilles qu'ils avaient déjà noircies de leurs hypothèses pour en trouver une vierge. Elle sortit ses notes et se mit en tête de transformer leur quête en étude génétique, avec ronds et carrés comme seules prises auxquelles se raccrocher.

Chapitre 28

Pour construire la généalogie des Seirgalal, la légiste leur expliqua comment procéder sans avoir à dessiner des branches au sens strict du terme. Il suffisait de relier des ronds pour les femmes et des carrés pour les hommes avec des traits symbolisant les unions, puis d'autres pour faire figurer les enfants. Ainsi de suite jusqu'au dernier arrivé. Ces ronds, ces carrés et ces lignes formaient alors un arbre.

Amy s'y attela. Sans difficulté, grâce aux données recueillies avec Mireille, elle assembla les symboles entre eux pour former une sorte de toile d'araignée qui partait du haut, avec un premier couple, duquel découlait leur descendance, enfants, petits-enfants, eux-mêmes mariés. À côté des noms, elle inscrivit des dates de naissance, de mariage et de décès avec une autre couleur. Les feuilles de *paper board* assemblées par du scotch trônaient sur la table de réunion, comme un espoir de résolution de cette enquête. Un vrai patchwork d'identités parmi lesquelles se trouvaient des morts provoquées. À partir de leur schéma, les deux enquêtrices émirent des hypothèses :

— La femme sans-abri, où peut-elle être ? s'interrogea Charlie.

— Les gosses du premier couple nés dans les années 1920 sont tous morts. Sauf la fille qui s'est barrée, mais d'après sa date de naissance, elle a 92 ans.

Dans la deuxième descendance, il y avait deux branches dont celle du père du conseiller Jean Seirgalal. La gendarme regarda ce qu'elles avaient tracé.

— On a le frère et les sœurs du père. Une de ses sœurs et son frère sont morts. Reste une sœur qui s'était enfuie ; née en 1951, elle aurait 68 ans.

— Ça colle. La victime parisienne pourrait être la tante de Jean Seirgalal, la sœur de son père, s'enthousiasma Amy.

Dans la seconde branche, Charlie pointa deux fils et une fille, tous décédés. Seul un des fils, qui devait avoir à peu près l'âge du père du conseiller, s'était marié. Sa femme, née en 1953, était toujours vivante : ça pouvait correspondre.

Les deux capitaines se perdirent dans les méandres familiaux malgré leur support visuel.

— En revanche, cette femme de la seconde branche, née en 1953, pourrait aussi correspondre à notre première victime, décapitée et sans mains ? Elle n'a aucun lien génétique avec la troisième victime.

Leurs hypothèses furent représentées à l'aide d'une marque de papier. Quant à Paul Meinargno, c'était l'impasse et, ne voyant pas où le positionner, elles le placèrent en dehors de l'arbre.

Puis Amy, comme paralysée par une révélation impossible à accepter, laissa son stylo en suspens dans l'air pendant quelques secondes. Sa collègue la regarda d'un drôle d'air.

— Qu'est-ce que tu as ? On dirait un chien d'arrêt.

— Attends. L'homme décapité qui est génétiquement lié à la SDF. Si nous présumons qu'elle est la tante de Jean Seirgalal, ils ont donc aussi 25 % d'ADN...

La gendarme bondit de sa chaise en venant de comprendre ce qui l'avait interpellée, puis finit sa phrase :

— D'ADN en commun. Le troisième corps serait celui d'Arnaud Seirgalal, le frangin du conseiller.

Elles se regardèrent un moment, rassemblant leurs idées. Charlie sortit de sa réserve :

— J'appelle Sébastien pour qu'il compare les deux profils en priorité, celui de la dernière victime et celui du frère. Il nous faut une confirmation. J'en ai ras le bol, maugréa-t-elle en sortant de la salle de réunion, le téléphone à la main.

ARBRE GÉNÉALOGIQUE DE LA FAMILLE SEIRGALAL

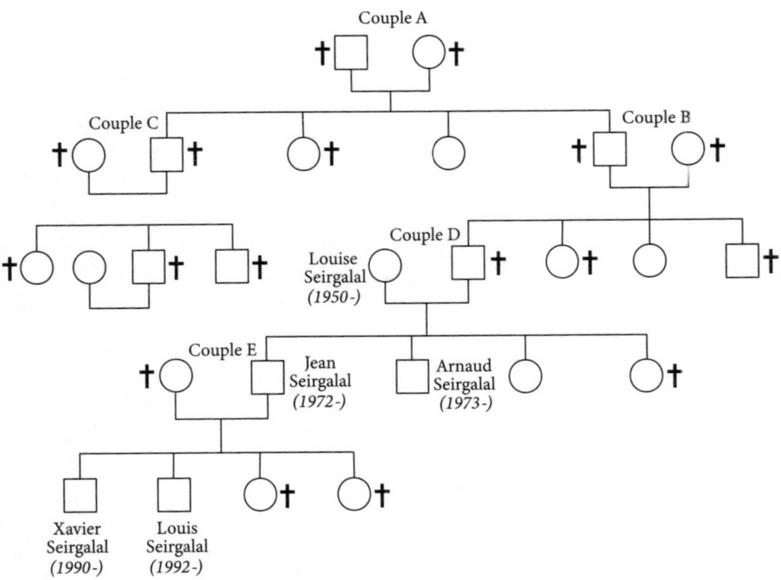

Chapitre 29

Les deux capitaines expliquèrent à Martinez la reconstitution de l'arbre généalogique des Seirgalal et leur hypothèse sur le frère du conseiller. Pragmatique ou fatigué, il questionna ses collègues sur l'intérêt de poursuivre les recherches autour du hameau où vivait Arnaud Seirgalal.

Puis l'adjudant-chef leur fit un compte-rendu de ses recherches sur l'infirmière. La grand-mère du jeune gendarme, qui avait longtemps bénéficié de ses soins, fut mise à contribution. Elle savait que l'infirmière était partie deux ans plus tôt, mais n'avait aucune idée du lieu où elle vivait maintenant. En revanche, elle se souvenait que madame Genevièvre avait une sœur. La mairie avait indiqué que la maison était toujours à son nom, et la taxe foncière acquittée ces deux dernières années. Chez le notaire, pas de testament, mais une succession, celle de son père, où une demi-sœur était mentionnée. Elle était donc sa seule famille proche et vivait à six cents kilomètres d'ici. Si l'infirmière était partie se mettre au vert, pourquoi pas chez elle. Amy regarda ce que Martinez avait imprimé.

— Je vais y aller, dit-elle.

— Aller où ? s'étonna Charlie.

— Chez la sœur.

— Mais on n'est même pas sûrs qu'elle soit là-bas. Tu ne vas pas te fader les six cents bornes sans savoir si elle a des infos intéressantes à nous donner.

— Pour l'instant, nous n'avons rien. Nous avons émis l'hypothèse que les Seirgalal ont quelque chose à cacher et le nom de cette infirmière revient sans cesse. Même toi, tu le dis.

— Oui, mais on peut voir avec une équipe locale.

— Sous quelle requête judiciaire ? Rien ne relie cette femme à nos victimes. Nous n'avons même pas l'autorisation d'enquêter sur les Seirgalal.

Elle avait raison, il leur fallait plus d'informations sur cette famille.

— Ne t'enquille pas la route d'une traite, comme une tendue.

— Ne t'en fais pas, j'ai l'habitude.

— Mais tu pars là ? Tu vas devoir conduire de nuit ? lui demanda sa collègue en la voyant mettre sa veste.

— J'ai une bonne portion d'autoroute, ce sera tranquille. Je dormirai un peu et, dès demain matin, je retrouverai madame Genevièvre.

Le moteur du 4×4 rugit, comme pour le départ d'une course, laissant des traces de gomme dans la cour de la brigade. La gendarme secoua la tête de dépit devant son collègue perplexe.

— Sérieux, c'est une grande malade.

Après le départ d'Amy, Charlie décida que sa journée s'achevait. Rentrer chez elle lui sembla tout à coup vital. Elle dut quand même se résoudre à faire un rapide compte-rendu des derniers éléments de l'enquête à son commandant. Mais elle ne s'attarda pas sur le fait que sa collègue était sur les traces d'une infirmière disparue, qui aurait éventuellement des informations à leur fournir sur une famille ne faisant l'objet d'aucune enquête. *Il aurait mal vécu le truc*, pensa-t-elle. Le procureur n'étant pas disponible, elle s'économisa. Elle mit toutes les équipes au repos jusqu'au lendemain, en espérant que personne ne l'appellerait pour lui annoncer la découverte d'un nouveau cadavre, puis elle prit la route. Elle réussit à se reposer malgré son impatience à sortir de ce bourbier où ils pataugeaient depuis plus d'une semaine. Son mari et sa fille l'aidèrent à replonger dans une vie sociale insouciante et à tout oublier pendant l'espace d'une soirée.

Pourtant, l'emprise que cette affaire avait sur elle reprit son œuvre dès la nuit tombée, sans qu'elle puisse faire quoi que ce soit. Dès qu'elle eut fermé les yeux, elle entra dans cet état hypnagogique où les hallucinations sont possibles et où l'être humain franchit un portail entre son univers et celui, mystérieux, des limbes. Là, l'esprit peut se perdre sans jamais retrouver sa voie. De ces limbes où Charlie était entrée, elle revint, d'un coup, ramenant avec elle des fragments de souvenirs nouveaux. Du bleu. Voilà de quoi étaient composées ces bribes. Des yeux au bleu inhabituel posés sur un visage rieur, ceux d'une femme ou d'un homme, les deux étant possibles. Se rendormir fut sa seule obsession sur le moment, ne voyant pas ce qu'elle pouvait faire de cette information que son subconscient venait de lui communiquer.

Chapitre 30

Charlie prit le chemin de la brigade à l'aurore après une nouvelle nuit de sommeil morcelé. Avec un peu de chance, ils recevraient les résultats des profils dans la matinée. Elle avait conscience que cette histoire mettait les équipes à cran, beaucoup de boulot et peu de temps. Même si elle en attendait beaucoup, des erreurs étaient possibles. Lors d'une enquête précédente, Sébastien Petit lui avait fait un laïus sur l'empreinte génétique qui n'est pas la preuve absolue, pour plusieurs raisons. Il y a quelques années, il fallait une quantité d'ADN importante pour l'analyser. Aujourd'hui, quelques nanogrammes suffisaient et une pollution avec un autre ADN, même en quantité infime, conduisait à des erreurs d'interprétation. Il lui avait parlé de cas, rares, de criminels laissant les traces d'autres personnes sur leur scène de crime ou de pollutions non volontaires faites par les acteurs de l'enquête. Par ailleurs, deux individus non jumeaux pouvaient avoir le même profil génétique, bien que ce soit statistiquement fort peu probable : le risque zéro n'existait pas. Il avait aussi précisé que cette molécule ne pouvait être datée : quand des prélèvements étaient réalisés sur une scène de crime, rien n'indiquait depuis quand cet ADN était là. Quant aux transferts d'une personne à une autre, ils existaient. Sans la sagacité d'un enquêteur, cela pouvait conduire un innocent en prison, parce qu'un de ses cheveux tombé sur le siège du restaurant était allé se coller sur la veste du tueur, venu s'attabler juste après lui sur la même chaise.

Depuis, elle avait intégré qu'il ne fallait pas se fier uniquement à cet élément. Sébastien s'était intéressé à ces cas où le profil génétique avait orienté les investigations dans la mauvaise direction et il devenait vite paranoïaque. Alors, il était inflexible sur les règles et sur la conduite que chacun devait tenir afin d'éviter autant que possible les erreurs. Plusieurs fois, il avait hurlé son mécontentement sur un gendarme qui n'avait mis qu'une seule paire de gants pour toucher une victime. C'en était presque devenu une obsession, mais pour Charlie, cette rigueur était rassurante. L'intérêt de la technique était indéniable, mais elle ne voulait surtout pas lui donner une trop grande portée. Pour qu'une enquête aboutisse, des preuves plus tangibles, moins sujettes aux critiques, étaient nécessaires. Elle espérait pouvoir concilier les deux pour mettre enfin la main sur ce tueur.

En arrivant, tout était calme. L'adjudant-chef avait la mine défaite. En le voyant, Charlie craignit le pire. *Qu'est-ce qui s'est encore passé ?* pensa-t-elle en coupant le contact.

Il se dirigea vers elle.

— Ne dites rien, je vous en supplie. Laissez-moi descendre de la voiture, lui dit-elle en ouvrant sa portière.

— Il n'y a rien. Enfin pas de corps, si c'est à ça que vous pensiez.

— C'est exactement à ça que je pensais, au prochain cadavre semé dans un champ. Bon, y a quoi ?

— C'est Jean Seirgalal. Il est venu à la brigade pour nous engueuler. Il veut savoir où en est l'enquête sur sa mère.

La capitaine s'appuya sur son véhicule en soupirant.

— Il est toujours là ? J'espère que vous l'avez mis au mitard.

— Non. Je me suis permis de lui expliquer la situation. Il a encore vociféré. Nous sommes tous des incompétents.

Impuissants, ils ne pouvaient rien faire sinon attendre les résultats du laboratoire pour confirmer leur hypothèse et enfin entendre le conseiller.

— J'ai hâte de l'interroger. À l'ancienne, avec les annuaires. Je plaisante, ajouta-t-elle devant l'expression dubitative de son collègue.

Martinez lui indiqua qu'ils n'en avaient plus, une légère pointe de déception dans la voix.

À plusieurs centaines de kilomètres de là, Amy, arrivée à destination dans la nuit, se réveilla dans sa voiture. Elle était dans le village où vivait la sœur de l'infirmière. Elle démarra, puis remonta la rue principale, la Grande Rue, d'où partaient plusieurs allées s'enfonçant dans la campagne. Elle chercha un moment la maison, située Chemin de la Source : le GPS était déboussolé. Il y avait huit chemins, aux appellations sorties de l'imagination fertile d'un élu, et le dernier fut, à son grand soulagement, le bon. Pas très long, il serpentait au milieu des champs, et la boîte aux lettres de la dernière maison indiquait le nom tant recherché.

Elle gara son 4×4 et en descendit, soudain méfiante face à ce silence et à l'étendue des cultures. Aucune clôture autour de la maison, pas de portillon, rien pour l'empêcher d'accéder à la porte d'entrée. Amy s'avança, frappa à la porte et attendit un moment sans que rien ne se passe. Elle fit le tour de la demeure, regarda à travers les fenêtres. Pas âme qui vive. En prêtant attention au voisinage proche, elle crut voir le rideau d'une des baies vitrées bouger. Elle remonta dans sa voiture, fit demi-tour et s'arrêta devant. Elle sonna. Une fois. Puis deux. Elle insista en frappant vivement sur le vantail et en ajoutant un *Ouvrez, c'est la police.* L'injonction eut raison des réticences.

— Capitaine Jones. SRPJ. J'ai quelques questions sur vos voisins, s'il vous plaît.

— C'est un vrai badge ?

— Oui, répondit-elle, comme si cette seule affirmation pouvait prouver de façon certaine qu'elle était une véritable flic.

Devant l'absence de réaction, elle expliqua plus précisément la raison de sa visite. La porte s'ouvrit un peu plus et un vieux monsieur apparut, arborant survêtement de foot et crocs vert fluo.

— Qu'est-ce qu'elle a fait ma voisine ?

— Rien du tout, je veux juste parler à sa sœur, c'est important. Est-ce que je peux entrer ?

Il lui proposa un café et des petits gâteaux, industriels, précisa-t-il. Il ne cuisinait plus du tout depuis que sa femme était partie dix ans plus tôt. Ils s'installèrent dans la cuisine intégralement marron du sol au plafond.

— Qu'est-ce qu'elle a fait alors ma voisine ? réitéra-t-il.

— Pouvez-vous me dire si elle travaille ?

— Elle est infirmière à l'hôpital. Mais là, elle est déjà partie, elle embauche à 6 heures du matin.

— À quelle heure rentre-t-elle ?

— Elle devrait être là vers 14 h 30, dans ces eaux-là, sauf si elle va ailleurs après le boulot.

— Et vous savez où elle travaille ?

— Non. C'est en ville, mais je ne pourrais vous dire précisément.

— Et son mari ? Sa fille ?

— Il est souvent en déplacement. Sa fille est partie vivre ailleurs, je ne sais pas où, lui dit-il en haussant les épaules.

— Il n'y a personne d'autre qui vit avec eux ?

— Ah là, vous me posez une colle et puis j'ai plus toute ma tête.

Amy remercia le vieux monsieur, écœurée du peu d'informations recueillies. Cette histoire avait trop duré à son goût. Elle décida de changer de stratégie.

Chapitre 31

Debout devant son bureau, marqueur en main, il orna d'une nouvelle marque rouge le tableau de son œuvre, se félicitant des avancées de son projet dans ce village loin du monde. Il en restait trois à placer, pour tout achever et retourner à une vie plus sereine. Il s'assit dans son fauteuil et réfléchit, le visage impassible et le regard fixe.

Il se remémora sa dernière proie avec laquelle il s'était bien amusé. Il lui avait réservé ses meilleures tortures. Mais elle était trop âgée, pas assez résistante. La dépecer entièrement n'avait pas été possible, c'était difficile sur une personne par ailleurs vivante. Une fois morte, il n'était plus intéressé par l'expérience. Pourtant, il avait bien étudié l'anatomie humaine et intégré des connaissances importantes sur la peau : constituée de trois couches superposées, l'épiderme protecteur et étanche, le derme d'une épaisseur plus importante, et l'hypoderme en contact avec les muscles. Cet organe étant richement vascularisé et innervé, cela signifiait sang et douleur s'il y avait rupture de son intégrité, avec un couteau de chasse par exemple. Mais la théorie est une compagne vulgaire et traîtresse. Elle vous fait croire en des possibilités incroyables, vous promet que son exacte mise en application sera couronnée de succès. La pratique avait fait apparaître des failles non décrites dans les livres.

L'incision horizontale au niveau du biceps avait été facile à réaliser, malgré les hurlements de la vieille sous la pression de son couteau, pourtant bien aiguisé. Il fallait entailler assez profond, mais pas trop pour ne pas couper le muscle. L'outil utilisé n'était pas idéal. Dans sa planification à la virgule, il avait oublié le scalpel, ustensile plus adéquat. On ne pouvait pas penser à tout. Il avait continué avec la même pression à faire le tour du bras, malgré la quantité de sang qui empêchait une bonne visibilité du champ opératoire. Dans son idée, il devait créer une espèce de boursouflure qu'il pourrait prendre avec ses deux mains de chaque côté et tirer fort dans un mouvement vers le bas. C'est ce qu'il avait imaginé en étudiant. Et pourtant, lorsqu'il s'était saisi de cette tumescence fabriquée, la peau n'avait rien voulu savoir. À la place, un craquement s'était fait entendre, peut-être une luxation de l'épaule, et la vieille s'était évanouie. Il s'était entêté, obsédé de réussir ce qu'il avait entrepris. Une coupure le long de la face antérieure du bras pouvait faciliter le travail. Sans succès. Du sang avait jailli et inondé la table. Il avait farfouillé dans la plaie, tel un chirurgien, pour tenter de stopper l'hémorragie. Mais la vieille était déjà morte, terrassée par la douleur. Il avait regardé ses mains ensanglantées et avait décidé de s'arrêter là. S'acharner sur une morte n'avait pas d'intérêt.

Il sortit de ses pensées et revint à ses préoccupations du moment : la suite de son plan. Il restait trois victimes. La prochaine était déjà sélectionnée. Les deux dernières seraient les plus difficiles à gérer : le conseiller départemental et son autre fils, Xavier. Mais pour l'aîné, le plan était différent, il ne s'en occuperait pas.

Pour l'instant, tout se déroulait plutôt bien. Il était toujours en position de force, même s'il ne savait rien de l'avancement de l'enquête. Il se leva de son fauteuil et décida de sortir pour glaner quelques informations au bistrot. Toujours instructif. Pour sentir l'ambiance d'un village, il fallait boire un coup avec les autochtones. Ça donnait immédiatement une idée des ragots, de ce qu'il s'y passait ou s'y était déjà passé.

Ces derniers jours, il y avait du monde, comme si ces événements dramatiques poussaient les habitants et les gens de passage à se réunir pour partager leurs ressentis, leurs idées. D'ailleurs, même la presse locale, évincée par les gendarmes, y avait pris ses quartiers.

Comme à son habitude, il s'assit au bar, commanda son café et observa les habitués. Les discussions allaient bon train :

Pff ces cons de flics, ils en savent rien de qui a fait ça. Tu crois ? Pourtant, ils sont partout, on peut même plus faire un pas de travers, y a des bleus dans tous les coins. Bah ouais, ils sortent, ils ne peuvent rien faire d'autre. Il paraît que les Seirgalal sont impliqués. Pourquoi tu dis ça ? Certainement que oui, on les connaît, mais avec leur fric, ils ont des avocats. Et puis faudrait pas qu'ils le chatouillent de trop le conseiller départemental, il a le bras long. Tu parles le bras long, mon cul, c'est un justiciable comme les autres. T'y crois ? De toute façon, il est tellement con qu'ils peuvent l'arrêter rien que pour ça. Mais vous savez bien qu'ils ne sont pas clairs ces Seirgalal. Depuis longtemps, on le sait. Ils cachent quelque chose. À mon avis, quelqu'un leur en veut. C'est pas possible autrement ; pourquoi sinon qu'il y a tous ces cadavres sur leurs terres ? Ça, tu le verras, on va apprendre un truc. Mouais, ce truc, tout le monde l'attend depuis des années. Bah, je te le dis aujourd'hui, le bon Dieu a décidé qu'ils allaient payer. Payer quoi ? Ça, ils doivent le savoir, eux. Qui, eux ? Les flics ? Bah non, les Seirgalal, eux, y doivent bien savoir qu'est-ce qu'ils ont fait pour être punis comme ça. Le bon Dieu, je vous dis, le bon Dieu.

Leur perspicacité le fit sourire. Par contre, personne ne sembla savoir où en étaient les investigations, rien n'avait filtré. Tout en dégustant son café, il réfléchit aux prochaines étapes : se méfier et considérer que les flics avançaient eux aussi. Donc, garder la vieille au frais pour l'instant. Pas la peine d'exciter la flicaille, ils étaient peut-être déjà sur sa piste ou avaient fait des recoupements. En plus, le fiston devait chercher sa maman et se poser des questions.

Son monologue intérieur fut interrompu par la vibration de son téléphone dans sa poche. Un SMS. Le réseau était plus efficace ici que dans sa tanière. Il sourit à la lecture du message et tapa quelques mots agrémentés de petits smileys, grands sourires et dents blanches :

Ne t'inquiète pas, tout va bien.

Nouvelle vibration. Il répondit à son interlocuteur :

Oui, la vieille a bien compris qui je suis. C'était drôle !

Et oui, je m'occupe du frangin. Demain.

À la fin des échanges, il se replongea dans ses pensées en sortant du bar : *Le frangin. Le dernier-né, comme on dit. Pas en pleine forme. Pathologie cardiaque congénitale. Vraiment des dégénérés, y a pas à dire.* Il connaissait l'emploi du temps du mec qui, trop faible, ne faisait rien de ces journées. *Heureusement, papa a de quoi subvenir aux besoins de sa progéniture.* Il avait rendez-vous demain chez son cardiologue. Une ambulance viendrait le chercher. Parfait pour une petite embuscade sur la route.

Chapitre 32

Après avoir erré dans les bureaux de la brigade, s'asseyant, tapant quelques lignes, se relevant et tournant en rond, Charlie appela Sébastien en fin de matinée, car elle ne voyait rien venir.

— Ça va bientôt arriver, répondit-il, expliquant les incompressibles manipulations du laboratoire et leur charge de travail.

— Il me faut la comparaison du profil de notre dernière victime avec celui du frère des bois, je te l'avais dit.

— Me répéter les choses ne les fera pas avancer plus vite. Je le sais.

Elle se renfrogna et remercia son collègue. Plongée dans la rédaction de son rapport, elle sursauta quand son téléphone sonna. Elle entrevit un espoir, un petit entracte dans cette pénible phase d'attente. Le nom d'Amy s'afficha sur son écran, elle décrocha, mais elle ne l'entendait pas distinctement. Charlie essaya à son tour de l'appeler, mais seule la voix de la messagerie résonna.

Finalement, concentrée dans ses tâches administratives, elle ne vit pas le temps passer. Quand elle reçut enfin le compte-rendu du laboratoire, il y eut un moment de flottement. Martinez la rejoignit, lui aussi impatient de connaître les résultats. D'un air dubitatif, elle tourna l'écran de l'ordinateur vers lui, accompagné d'un *Allez-y, vous.* Dans un silence religieux, il lut attentivement le rapport et lui fit un résumé :

— Vous aviez raison, l'homme décapité est bien Arnaud Seirgalal. Les profils génétiques correspondent.

La capitaine reprit une respiration normale à l'annonce du verdict. Enfin, ils tenaient quelque chose de concret. L'enthousiasme de son collègue était évident lorsqu'il assena que le procureur ne pouvait plus leur refuser d'interroger Jean Seirgalal. Charlie, tout aussi ravie, entreprit de l'appeler.

— Préparez-vous pour la suite, avec ou sans annuaire, il va falloir lui faire cracher ses secrets.

Au téléphone depuis un moment, l'adjudant-chef l'observa à travers la vitre du bureau où elle s'était enfermée. Il la vit se contenir et s'empêcher de hurler, à l'aide de mimiques, de trépignations, et d'afflux sanguin massif colorant son visage d'un rouge cramoisi. Il la regarda sans la voir, en proie à ses pensées. Quels arguments pouvait utiliser la gendarme pour convaincre le procureur de la nécessité d'interroger un élu de l'État, tout connard qu'il soit, alors que sa famille semblait être la proie d'un prédateur psychopathe ?

Il préféra sortir pour éviter d'assister à quelque chose qu'il ne pourrait pas empêcher. Mais quand elle revint vers lui, elle avait retrouvé une teinte acceptable et son énervement était descendu d'un cran. Elle se jeta sur une chaise en soufflant :

— Sans déconner ! Vas-y que je sors bretelles et parapluie. Vous comprenez, capitaine, n'allez pas nous faire une bavure. Il n'a rien fait ce conseiller, sa pauvre mère a disparu et son frère est mort. Du baratin.

— On peut l'interroger ou pas ?

— On ne l'interroge pas, on discute. Pas de perquise au manoir, juste une visite par rapport à la disparition de la maman. Vous voyez le genre.

— Le procureur n'est pas si mal finalement.

— Oui, vous avez raison, marmonna-t-elle. Vous convoquez Jean Seirgalal, il faut lui annoncer pour son frère. Et vous commencez à le cuisiner gentiment.

— Moi ? s'étonna-t-il.

— Oui. Vous êtes maître de vos nerfs, pas moi. Laissez-moi quelques hommes pour la visite du manoir. Je furète et vous parlez. J'espère trouver des éléments permettant d'orienter nos questions.

Deux heures plus tard, l'adjudant-chef Martinez commença son entrevue. Charlie reçut l'autorisation sèche de l'édile de chercher des indices chez sa mère, assortie d'une mise en garde s'il y avait le moindre problème. Il lui montra l'appartement et spécifia qu'elle ne devait pas fouiller dans tous les coins. Mais il ne voyait vraiment pas l'utilité de sa démarche. Elle ne discuta pas, mais avait bien l'intention d'explorer tout le bâtiment : elle n'allait pas être déçue.

Chapitre 33

Amy chercha dans son répertoire le numéro de son interlocuteur. Elle laissa sonner trois fois et raccrocha sans que personne n'ait répondu. Cinq minutes plus tard, un numéro inconnu s'afficha sur son écran. Elle décrocha aussitôt. Une voix masculine résonna dans son oreille :

— Alors, miss Jones ? Besoin d'aide ?

— Qu'est-ce qui te fais dire que j'ai besoin d'aide ?

L'homme éclata de rire.

— Parce que tu ne m'appelles que pour ça !

— Pas du tout.

— Et là, tu m'appelles pour quoi ?

— Je cherche quelqu'un.

— Tu es tellement prévisible, c'est stupéfiant. C'est pour le vieux ?

— Non, pour une enquête. Je bosse en binôme avec une capitaine de la gendarmerie.

— Les flics ne peuvent pas le trouver ? s'exclama-t-il. Comme c'est étrange. Dis-moi qui tu cherches, dit-il sans attendre de réponse.

La capitaine lui résuma toute l'histoire et lui donna le nom de l'infirmière, de sa sœur, et toutes les informations en sa possession.

L'homme lui promit une réponse rapide. Ce type était un hacker qui utilisait son talent à bon escient et travaillait souvent avec eux quand ils étaient au pied du mur. Il pouvait tout dégoter, sur n'importe qui.

En attendant, Amy déjeuna dans une auberge, sur la place d'un village encore plus petit que celui qu'elle venait de quitter. À peine porta-t-elle la tasse de café à sa bouche qu'il l'appela. Avec de bonnes nouvelles.

— J'ai trouvé ton infirmière.

— Elle est où ?

— Placée par sa sœur dans un EHPAD il y a quelques mois parce qu'elle commençait à pavillonner sévère. Alzheimer ou démence. Si tu veux qu'elle te rencarde sur un truc, autant dire que c'est mort. Je t'ai tout envoyé.

Mais c'est quoi, cette poisse ? se dit-elle. L'adresse de l'EHPAD et des éléments sur l'infirmière s'affichèrent sur son téléphone. La maison de retraite n'était pas loin. Même si les chances d'obtenir quelque chose étaient plutôt minces, elle devait rendre visite à l'infirmière. Si rien n'en ressortait, elle retournerait voir sa sœur en espérant qu'elles aient échangé avant que le cerveau de leur disparue ne parte en sucette.

Le message suivant la rassura un peu : Charlie avait eu les résultats et leur hypothèse sur le frère s'était vérifiée. Le conseiller allait passer un sale quart d'heure, même s'il était vraisemblablement la victime de toute cette histoire. Mais était-il vraiment innocent ?

Le mot « hospice » convenait mieux au bâtiment délabré devant lequel elle se gara. L'odeur vint l'assaillir dès le hall d'entrée. Un mélange de produits désinfectants et de cuir chevelu gras mal lavé. Elle eut un haut-le-cœur. Travailler dans ces lieux était un sacerdoce. Elle admirait ces aides-soignants et autres auxiliaires de vie, qui faisaient ce métier si difficile, si ingrat et mal payé. Le reflet d'une société malade de ses vieillards. Du quatrième âge, en veux-tu, en voilà, développé et entretenu par une médecine moderne biberonnée à la chimie médicamenteuse. Une vieillesse arrivée en fin de course, maintenue coûte que coûte dans un semblant de troisième mi-temps, amorphe et pathétique. Tout cela était indigne d'une espèce soi-disant évoluée placée en haut d'une pyramide d'où elle contemplait ses obscénités et sa déchéance, en donnant bonne conscience aux descendants qui se voilaient la face et qui, surtout, priaient pour que leurs proches ne leur infligent pas cette même horreur. *L'hypocrisie humaine dans toute sa splendeur*, pensa Amy. Elle chassa ses idées noires en apercevant devant elle la mine agréable d'un aide-soignant. Elle se fit passer pour la fille d'une amie de Michelle Genevièvre, de passage dans la région. Elle obtint le numéro de la chambre sans aucune difficulté ; l'apitoiement, ou le simple fait qu'une jeune se pointe dans ce mouroir, avait eu raison de l'employé. Elle entra, après avoir tapoté à la porte, sans attendre une réponse improbable. La femme, tant recherchée pour ses soi-disant connaissances des agissements secrets des Seirgalal, était assise dans un fauteuil en skaï gris assorti au reste. Lugubre. Même odeur que précédemment, comme si elle émanait de la grisaille du mur, telle une marque de fabrique de l'EHPAD.

— Madame Genevièvre ? Bonjour, lança-t-elle, enjouée, en refermant la porte.

L'infirmière tourna la tête avec un large sourire aux lèvres.

— Bonjour, madame.

— Je m'appelle Amy Jones. Je suis capitaine de police.

— Ah ? répondit-elle, pas plus inquiète que ça.

— Je ne vais pas vous embêter longtemps.

— Vous savez, je n'ai pas beaucoup de visites, alors ça ne me dérange pas.

L'abîme de la démence ne sembla pas l'avoir totalement engloutie. La flic prit une chaise et s'assit à ses côtés.

— Vous êtes bien Michelle Genevièvre ? Vous étiez infirmière ?

La vieille dame opina en souriant.

— Est-ce que je peux vous poser des questions ?

— Je n'ai plus toute ma tête. C'est pour ça que je suis ici. Vous êtes qui déjà ?

— Je suis la capitaine Jones de la police. J'enquête sur des homicides qui ont eu lieu dans votre ancien village.

— Des meurtres, vous voulez dire ? demanda-t-elle en se redressant sur son fauteuil, tout à coup très attentive.

— Oui. Et certaines personnes m'ont dit que vous pourriez m'aider dans cette enquête.

— Moi ? Mais comment ?

— Nous pensons que ces morts sont liés à une famille que vous connaissez. Les Seirgalal.

Son attitude changea, elle se renfrogna en reculant dans son fauteuil comme si on lui annonçait un danger. Amy sut instantanément qu'elle comprenait de quoi il retournait. La capitaine attendit, craignant que la femme se referme sans lui donner plus d'explications. Mais non. Le patronyme des Seirgalal eut un effet libérateur sur l'infirmière. Elle entra dans un monologue rageur comme si elle attendait ce jour depuis longtemps.

— Ces pourritures auront ma peau. Je ne vaux pas mieux qu'eux. Je suis entrée dans leur jeu. À l'époque, je ne possédais pas grand-chose et j'avais des dettes. Je ne sais pas ce qui m'a pris, je me suis laissé tenter. Je savais que j'aurais des problèmes un jour. Des salauds, mais qu'est-ce qui m'a pris ? Jamais je n'aurais dû accepter. Quand j'ai vu ce détective privé devant chez moi qui me questionnait sur les Seirgalal, j'ai su que je devais partir.

Amy attendit que le flux se tarisse pour approfondir, espérant obtenir des détails plus concrets.

CHAPITRE 33

— Michelle, pouvez-vous me dire ce que voulait ce détective privé ? Il vous a posé des questions sur les Seirgalal ?

— Il voulait savoir si je les connaissais, si j'avais travaillé pour eux, ce genre de choses. J'ai dit que j'avais juste fait des soins et c'est tout. Il n'a pas insisté. Mais j'ai eu peur.

— Peur de quoi ?

— Mais des Seirgalal.

— Pourquoi ?

— Parce que je les connais bien, je connais même leurs secrets. J'ai menti. Mais vous êtes une policière. Alors, à vous, je peux tout dire. Je n'irai pas en prison ? dit-elle troublée.

— Vous pouvez tout me dire. Vous ne craignez rien.

— Alors, je vais tout vous raconter.

Chapitre 34

La vérité mit un moment à se frayer un chemin vers la zone analytique de son cerveau. Puis, une fois que l'information fut intégrée, il péta les plombs. Des milliards de neurones se déconnectèrent, grillèrent d'un trop-plein d'électricité, le rendant imperméable à la réalité. Cet état ne dura pas. Il fut le déclencheur, le détonateur qui fit exploser la dynamite. Sur le terrain que les vicissitudes de sa vie pourrie avaient déjà bien labouré, cette mèche fit pousser sa rancœur et sa rage. Les racines de la vengeance s'ancrèrent rapidement et profondément, sans que rien ne puisse les déloger. Sa détermination naquit avec cette envie irrépressible de représailles. À partir de ce jour, toute sa vie fut orientée vers ce projet. Son argent, son temps et son énergie servirent ce but. Il commença petit. Comme pour n'importe quel projet, il établit un rétroplanning et des objectifs. À telle date, tel mort. Facile. Jusqu'à la fin, jusqu'à ce qu'il n'y ait plus personne. Tout était très clair dans sa tête : comment, où, chaque étape, etc. Des années qu'il y travaillait. Quand il entama ses recherches de filiation, il engagea un détective privé. Il avait de l'argent, il avait réussi. Ça aidait d'être un sociopathe. Pas d'émotions ; pour accéder au pouvoir, rien de tel. Il était riche à millions. Des start-up comme la sienne valaient de l'or. Il avait vendu. Parfait pour une nouvelle vie.

Ce détective privé lui apporta les preuves de son abandon et celles de l'identité de ses géniteurs. Il lui livra l'info cash, sans gant. Père violeur, mère suicidée. Mais il y avait autre chose. En creusant davantage, les histoires les plus sordides, même les mieux cachées par l'argent, refont surface. Il apprit qui était sa mère, comment son viol avait été caché. Comment, lui, il avait été caché. Une progéniture non acceptable. Un bâtard effacé du paysage. Ils l'avaient enfermé dans une boîte pour qu'il n'en ressorte jamais. Les Seirgalal. Grande famille respectable. Il savait tout. Sur lui et sur cette famille. Sur sa famille. Maintenant, ils payaient pour leur arrogance, jusqu'au dernier.

Pour la prochaine étape de son plan, l'objectif était d'arrêter l'ambulance sitôt sortie de son garage, de buter l'ambulancier, prendre sa place et se rendre au manoir récupérer le fils prodige.

À l'issue, quand la famille serait décimée, il disparaîtrait et la suite ne serait plus de son ressort. Que ferait-il ensuite ? Il n'avait pas encore réussi à se projeter dans l'après. Avait-il un avenir ? Il avait jusqu'à maintenant occulté cette question.

Chapitre 35

La vieille infirmière malade raconta tous ses souvenirs : ce qu'elle avait vu, entendu et vécu chez les Seirgalal. Les mystères du cerveau humain et de son prédateur Alzheimer. Amy devait absolument raconter à Charlie ce qu'elle avait appris et la rejoindre au plus vite. Elle reprit la route, l'appela et lui laissa un message. Elle rappela en vain, puis tenta de joindre la brigade. On lui répondit que l'adjudant-chef Martinez était avec le conseiller et la capitaine Meunier chez les Seirgalal à la recherche d'indices sur la disparition de la mère.

— Ne le dérangez pas, mais allez tout de suite au manoir et dites à la capitaine de me rappeler sans faute, c'est très important. Vous avez compris ?

— Reçu, capitaine Jones. J'y vais tout de suite.

Il regarda le combiné et comprit qu'elle avait déjà raccroché. Il était tout seul à l'accueil, sans voiture à disposition. Le temps de reprendre ses esprits et de connecter ses vaillants neurones, il sortit, puis se précipita sur la route principale. Il se plaça au milieu, les bras levés en V au-dessus de sa tête devant la voiture qui passait par là. Le conducteur freina dans un fracas de grincements et commença à l'arroser d'un florilège de noms d'oiseaux. Le gendarme ne lui laissa pas le temps de continuer, il ouvrit la portière côté passager et se glissa sur le siège devant le vieil homme ahuri.

— Mais tu fais quoi, là ?

— C'est un cas de force majeure, je réquisitionne votre véhicule.

— Tu réquisitionnes ? On n'est pas à la télé, mon grand. T'es défoncé ou quoi ? Je ne vais pas faire ton chauffeur ? cria-t-il.

— C'est ça, mon chauffeur, lui répondit-il sans se laisser démonter par le petit vieux pas content. Je dois me rendre au manoir des Seirgalal, c'est très urgent. Je dois parler à la capitaine chargée de l'enquête.

— Ah. Mais t'as pas le téléphone dans ton gourbi ? lui demanda-t-il en désignant la gendarmerie du menton.

— Ça ne passe pas.

— Les zones blanches, merci bien. C'est en rapport avec tous ces morts qu'on a trouvés sur la commune, c'est ça ?

— Oui. S'il vous plaît vous m'emmenez ?

— Si c'est pour l'enquête.

Il lança sa Peugeot 205 collector à l'assaut du bitume et le conduisit à bon port. Rassuré de pouvoir remplir sa mission, le gendarme sauta à peine la voiture arrêtée devant le manoir.

— Attendez-moi, je reviens de suite !

— Je t'en prie, fais comme si j'étais un taxi. Et je vais être remboursé, au moins ? lui lança-t-il.

Charlie entendit une voix l'appeler :

— Capitaine Meunier ? Vous êtes là ? Capitaine ?

— Pourquoi tu gueules comme ça ? demanda-t-elle, penchée sur la balustrade formée par l'escalier au premier étage.

— C'est la capitaine Jones qui m'envoie. Elle cherche à vous joindre, mais ça ne marche pas. Il faut la rappeler d'urgence, a-t-elle dit.

Elle prit son téléphone, et l'écran indiqua *Aucun service.* Une fois sortie, elle vit son collègue remonter dans une 205 de couleur et d'âge improbables, dans laquelle elle entendit un petit vieux ronchon vociférer. Des bips pressants se firent entendre. Amy avait laissé plusieurs messages lui demandant de l'appeler. Ce qu'elle fit, mais sans succès, car elle bascula immédiatement sur la messagerie. Elle se demanda si leurs deux téléphones étaient encore capables de se connecter l'un à l'autre.

— J'en ai ras le bol de toute cette merde, ronchonna la gendarme en rejoignant le manoir qu'elle avait à peine visité.

Chapitre 36

Le manoir était divisé en plusieurs appartements où logeaient le conseiller, sa mère et son plus jeune fils malade. Et il y en avait un plus grand, celui de Xavier Seirgalal. Tous étaient fermés à clé, sauf celui de Louise Seirgalal. Charlie en fit le tour : c'était un petit deux-pièces cossu, bien meublé et confortable. Elle ne vit aucune trace d'effraction, tout sembla à sa place et bien propret. Rien à signaler. Elle ne fouilla pas plus dans les affaires de la reine mère. Son objectif était de visiter cette maison de fond en comble et d'arriver à dénicher quelque chose. Personne n'en saurait rien. En remontant au deuxième étage, un autre escalier la mena au grenier, où elle découvrit un autre appartement beaucoup moins classe. Appartement n'était pas le mot juste. Une chambre de bonne. Sur le palier, une salle d'eau, des toilettes antiques, une douche pas du tout à l'italienne et un évier microscopique avec un seul robinet crachant un filet d'eau. Elle entra et fit rapidement le tour de ce réduit pas très bien entretenu. Comme seul mobilier, un lit, une commode, un canapé défoncé et un tapis élimé. Charmant. *Mais qui pouvait vivre ici ?* se demanda-t-elle. Dans la commode, quelques vieilles robes et vêtements confirmaient qu'une femme résidait dans ce lieu de désolation. Charlie en sortit des photographies jaunies datant de différentes époques, des années 1930 jusqu'à l'après-guerre. Des clichés plus récents montraient toujours le manoir et une ribambelle de gens qui ne lui disaient rien. Elle trouva un album dont elle tourna les pages sans conviction. Puis son œil fut attiré par un visage. Elle reconnut leur première victime, celle de son rêve, celle qui devait vivre ici : elle en était sûre. Il y avait plusieurs photos d'elle, plus jeune, souvent avec un bébé, puis une enfant, une jeune fille. La même, à des âges différents. Toutes les deux semblaient marquées par cette tristesse que seules connaissent les désespérées, les abandonnées ou les martyrisées. Sur les dernières images, la femme avait vieilli et l'enfant ne devait pas être loin de l'adolescence. Elle chercha d'autres documents pouvant lui fournir l'identité de la personne qui vivait ici, mais sans succès.

De son côté, l'adjudant-chef apprit à Jean Seirgalal la triste nouvelle de la mort de son frère. Il assena un *Bon débarras* glacial. Revêche, comme on pouvait s'y attendre, il ne voulut pas rester à la gendarmerie et gueula, tel un putois qu'on égorge, qu'il n'avait rien à voir avec tout ça et que c'était lui la victime. Martinez resta de marbre et déploya toute la diplomatie dont il était capable.

— Nous ne disons pas le contraire. Vous êtes là parce que, vraisemblablement, quelqu'un en veut à votre famille. Votre mère disparue, votre frère torturé et décédé, ainsi qu'une femme qui, d'après nos hypothèses, pourrait être votre tante.

— Ma tante ?

— Oui, il y a une concordance entre l'ADN de votre frère et cette personne.

Le conseiller sembla surpris. Seul son père avait deux sœurs, une était décédée et l'autre avait quitté le village de nombreuses années auparavant.

— Avez-vous une idée de ce qui se passe ? Est-ce que quelqu'un pourrait vous en vouloir ? lui demanda le gendarme.

— Les gens sont jaloux, on a du fric et des terres, et pas eux. Je ne vous apprends rien, creusez de ce côté-là.

L'adjudant-chef pointa du doigt que plusieurs meurtres, dont celui d'une vieille tante sans-abri, et l'enlèvement de sa mère avaient sûrement une autre origine qu'une simple jalousie. Seirgalal le toisa.

— C'est votre boulot de découvrir ça, mon vieux, pas le mien. Pour l'instant, je suis là dans votre bureau et je n'ai rien fait de mal.

— Au fur et à mesure que l'enquête avance, nous pensons que vous jouez un rôle central. Alors, nous aimerions avoir plus d'informations. Un événement passé serait peut-être à l'origine de tout ça. Nous avons besoin de votre aide pour y voir plus clair.

— Quel événement ?

— Quelque chose de grave aurait eu lieu sur vos terres il y a quelques années.

L'édile prétendit ne rien savoir. Il s'adossa à sa chaise et croisa les bras sur sa poitrine dans une attitude n'évoquant pas l'ouverture d'esprit. Martinez comprit qu'il n'en tirerait rien, tout en percevant bien que la posture de l'homme en face de lui allait dans leur sens. Il prit la photographie de la deuxième victime, précisa qu'il s'agissait d'un homme ayant travaillé dans ses vignes et tenta sa chance en la lui présentant :

— Reconnaissez-vous cette personne ? Prenez bien votre temps pour me répondre, ajouta-t-il comme une subtile mise en garde.

Il répéta ce qu'il avait déjà dit aux enquêtrices, cette personne lui était inconnue :

— Je ne connais pas tous les peigne-culs qui se pointent au domaine pour quémander du boulot. Vous croyez quoi, que je tiens un listing précis de qui vient tailler ou ébourgeonner mes vignes ?

— Vous devriez.

— Oh ! me la faites pas à moi. Vous allez m'arrêter pour travail au noir ?

L'adjudant-chef tapota sur le cliché en insistant. Jean Seirgalal s'emporta et menaça d'appeler son avocat. Mais le gendarme ne se laissa pas impressionner et continua sur sa lancée. Il lui décrivit la première victime, une femme âgée, et voulut savoir s'il pensait à quelqu'un. L'homme assis en face de lui se tortilla sur sa chaise, toujours dans une position de repli. Il se racla la gorge et répondit qu'il n'était pas intime avec toutes les vieilles du village.

— En effet. Mais, comme votre mère, votre frère et votre tante sont *a priori* concernés par cette affaire – ainsi que l'homme que vous affirmez ne pas connaître, mais qu'à l'évidence vous avez déjà vu –, cette pauvre femme est peut-être une de vos connaissances.

Il bondit de sa chaise comme un ressort et hurla sur le gendarme qui, impassible, avait réussi son coup :

— Vous me traitez de menteur ? Vous n'êtes qu'un misérable insecte qui se prend pour un enquêteur d'élite. Vous allez entendre parler de moi. Tous autant que vous êtes.

Furieux, il sortit du bureau en ouvrant brutalement la porte qui rebondit sur le mur dans un bruit sourd.

Martinez n'essaya même pas de le retenir ou de se justifier, mais cria à travers la porte pour être sûr qu'il entende :

— Braquez-vous tant que vous voulez, mais nous savons très bien que votre famille est le nœud de cette enquête et, avec ou sans vous, nous découvrirons pourquoi. N'oubliez pas que si quelqu'un s'en prend à votre famille, vous êtes sûrement le prochain sur la liste. Vous et vos fils !

CHAPITRE 36

Le conseiller Seirgalal remonta dans sa voiture. Son visage blême et son regard colérique n'annonçaient rien de bon.

Charlie rejoignit la brigade et montra à son collègue les clichés pris dans la chambre de bonne. Même si elle ne pouvait évoquer ses visions, elle lui fit part de sa certitude : la première victime avait vécu là. Quant à l'adjudant-chef, il eut la conviction que le conseiller connaissait les victimes. Ils espéraient que leurs recoupements, associés aux éléments récoltés par Amy, seraient suffisants pour interroger de nouveau l'élu. La sonnerie du téléphone les fit sursauter. C'était la capitaine Jones.

— Putain, mais t'es où ?

— Je vois que tu es en pleine forme. Désolée, mais mon périple me fait traverser toutes les zones blanches du pays. Et quand ce n'est pas moi, c'est toi.

Les deux gendarmes lui dirent ce qu'ils avaient découvert, ainsi que la petite discussion orageuse avec l'édile. À son tour, Amy relata dans le détail l'histoire de dingues de l'infirmière comme on conte une histoire d'horreur au coin du feu, la nuit d'Halloween. Ils oscillèrent entre désespoir et perplexité. Pas même un *Putain* ne vint teinter leur discussion.

Chapitre 37

Charlie envoya l'adjudant-chef se reposer et retrouver le cocon familial afin de lui éviter les foudres de sa femme et le divorce annoncé. L'enquête sur ces meurtres et sur cette famille devenait éprouvante pour les équipes. La capitaine resta à la brigade et reprit les éléments de l'enquête à la lumière de sa découverte dans le manoir et, surtout, de ce qu'Amy leur avait raconté. Le procureur ne crut pas un seul mot de leur histoire, cette infirmière n'étant évidemment pas un témoin crédible. Pourtant, à force d'arguments, elle réussit à le convaincre du bien-fondé d'une discussion plus poussée avec Jean Seirgalal. Le procureur assortit son accord d'une palanquée de mises en garde et de recommandations. Elle lui jura donc qu'elle ferait, comme d'habitude, très attention à ne pas dépasser les limites imposées par la loi. Mais ses intentions étaient tout autres, les limites seraient franchies.

Quelques heures de repos suffirent à tous pour se ressourcer. Le matin présageant le dénouement était déjà là. Tout en buvant son café, Charlie annonça la couleur :

— Martinez, je suis désolée, mais malgré les recos du proc, pas question de laisser repartir ce conseiller avant qu'il nous crache le morceau. Je vais lui faire ravaler sa morgue et je n'en ai rien à foutre des conséquences. Mais pas question que vous soyez impliqué.

— Je veux participer à l'interrogatoire, plaida-t-il.

— Vous pouvez, mais si ça dégénère, je vous demanderai de partir, je prends la responsabilité de tout ça.

— Très bien. Je vais le chercher, je prétexte des nouvelles dans l'enquête et lui dis que vous souhaitez l'en informer.

Elle essaya de contacter sa collègue et tomba sur le répondeur. La technologie n'était décidément pas de leur côté. Elle soupira en fixant l'écran de son téléphone. *Mais où est-elle ?*

Jean Seirgalal, comme prévu, ne se laissa pas faire. Il fut extrêmement clair avec eux, il ne voulait pas être cuisiné par des incompétents notoires. Le gendarme mentit, prétextant que la capitaine souhaitait le voir à propos de sa mère. Lorsqu'il arriva à la brigade, son attitude ne présagea rien de bon. À se demander si le devenir de sa mère avait un quelconque intérêt pour lui.

Les formules de politesse n'étaient pas de mise, ni d'un côté ni de l'autre, Charlie attaqua le conseiller de front :

— Je vous le demande une dernière fois : connaissez-vous cet homme ?

Elle glissa le cliché de Paul Meinargno sur la table. L'effet fut immédiat. Comme elle l'avait prévu, le conseiller se leva d'un bond.

— Mais vous vous foutez de ma gueule ou quoi ? Ça fait trois fois que vous me demandez si je connais ce type. Je vous le répète : JE NE LE CONNAIS PAS, hurla-t-il.

La capitaine bondit elle aussi de son siège, contourna la table et attrapa la veste de Seirgalal des deux mains pour le plaquer contre le mur. L'adjudant-chef ne bougea pas, s'attendant à ce qu'elle en arrive à cette extrémité. Il contempla le règlement de comptes d'un œil satisfait.

— Tu commences sérieusement à me les briser, espèce de sale connard, je vais te coller au trou fissa et te faire bouffer ta putain d'arrogance.

Il essaya de se défendre. Il n'était pas du genre à se laisser humilier par une femme, ces salopes qui l'avaient si souvent emmerdé.

— Pour qui tu te prends, espèce de... ?

Elle ne lui laissa pas le temps de continuer.

— Tu connais ce type et tu sais exactement ce qu'il s'est passé, il y a quelques années chez toi. En fait, je le sais aussi. On a entendu un témoin pas plus tard qu'hier, qui nous a raconté une très moche histoire.

Il se figea, réussit à articuler un *Quoi ?* tremblotant.

— Je parle de vos petites magouilles d'un autre temps et du viol. Tu t'en souviens ?

Le conseiller fronça les sourcils de colère plus que de désespoir. *Comment avait-elle appris ça ? Sa famille avait pris soin de tout bien dissimuler.* Il s'interrogea sur la conduite à tenir. Il n'avait rien à voir avec ces histoires. À l'époque, il était jeune et avait tout subi sans broncher. Il valait mieux ne rien dire. Charlie, qui le tenait toujours par le col de sa veste, le décolla du mur et le jeta sur son siège. Sa morgue était à peine moins véhémente.

— Vous allez payer pour ça ! Vous croyez que vous pouvez me menacer comme ça ? J'ai des relations politiques, ricana-t-il.

Martinez ne se laissa pas impressionner. Depuis le début de cette affaire, Jean Seirgalal avait montré à plusieurs reprises, en public, son agressivité envers les gendarmes responsables de cette enquête. Il lui demanda si sa parole, contre la leur, serait crédible.

— Maintenant, répondez à la question de la capitaine. Ou vous devenez le suspect numéro un dans tous ces meurtres. Connaissez-vous cet homme ?

Pour la première fois, une fissure lézarda l'armure du conseiller. Il sembla en proie à de sérieuses réflexions concernant les conséquences de ses actes, s'il parlait ou s'il se taisait encore : Que savaient-ils vraiment ? Qui était ce témoin ? Ne valait-il pas mieux leur répondre ou, auparavant, parler à son avocat ? Il décida de valider ses choix auprès de ce salaud d'avocat, qui lui coûtait une blinde tous les mois et en savait long sur sa famille.

— Je connais cet homme. Mais je ne vous dirai rien de plus. Je veux parler à mon avocat, lâcha-t-il.

La capitaine soupira en penchant sa tête en arrière. À bout. Son collègue la regarda, mais elle n'eut aucune réaction. Il prit la décision d'accéder à la requête du conseiller.

— Très bien. Il y a un téléphone, juste là. Appelez-le maintenant.

Chapitre 38

Amy roula comme une furie sur l'autoroute. Elle avait dormi trop longtemps sur l'aire de repos et voulait rentrer à la brigade prendre une douche. L'odeur de raton laveur émanant de ses fringues lui titillait le nez. Elle pensa aux révélations de l'infirmière. Cette famille était flippante. Pour autant, si la vengeance ne faisait pas de doute, l'instigateur de ces meurtres restait une énigme. Elle se creusa la cervelle, mais aucune hypothèse ni aucun suspect ne sortit de ses petites cellules grises. L'arbre généalogique des Seirgalal se dessina dans sa tête, mais à part les filles qui s'étaient enfuies et à la lumière des informations de l'infirmière, elles avaient eu bien raison : aucune personne n'était susceptible d'avoir perpétré ces homicides. La route lui parut bien longue et, malgré la vitesse, le temps perdu à dormir ne pourrait pas être rattrapé. Un radar lui ayant déjà fait de l'œil, elle leva le pied pour éviter de perdre son permis. Elle ne pouvait pas vivre sans voiture.

Elle demanda à son ordinateur de bord d'appeler Charlie en espérant que les dieux des télécommunications et les antennes soient cette fois de leur côté. Enfin, le retour des ondes électromagnétiques.

— Ah enfin ! Ça va ?

— Non !

— Que se passe-t-il ? Tu as pu faire venir Seirgalal ?

— Il est en train de parler à son avocat. Paul Meinargno n'est pas un inconnu, finalement. Mais il veut être sûr de pouvoir nous en dire plus. Ce type est une vraie anguille.

— Je ne suis plus très loin. Ne tue personne avant que j'arrive, dit Amy en augmentant inconsciemment sa vitesse.

— Ne t'en fais pas, j'ai mon garde-fou, répliqua la gendarme, un faible sourire aux lèvres en regardant Martinez assis devant son ordinateur.

Charlie rongea son frein et tourna autour de l'adjudant-chef, impassible, pendant que le conseiller parlait à son avocat. Elle grimaça, s'assit à ses côtés et tapa la cadence de son pied. Les deux gendarmes se demandèrent ce qu'ils pouvaient se raconter, quel plan ils échafaudaient, et ils attendirent la fin de la conversation. Quelques minutes plus tard, Seirgalal leur fit l'honneur de sortir du bureau. Sa morgue ne transparaissait plus dans son discours.

— Mon avocat me conseille de répondre à vos questions. Mais sachez que je n'ai rien à voir avec tous ces meurtres, nous ne sommes que des victimes dans cette histoire. Je vais collaborer, mais tout ce que je vous dirai doit rester entre nous.

Ils continuèrent leur entretien dans le bureau. La capitaine entra dans le vif du sujet, lui résuma la situation et l'avancée de l'enquête. Parmi les trois victimes d'homicides retrouvées sur leurs terres, une femme inconnue, le frère du conseiller et l'ancien saisonnier. S'ajoutait à ces meurtres la disparition de sa mère.

— Votre famille semble être au centre de cette affaire, termina-t-elle.

Ne le voyant pas réagir, elle poursuivit :

— Vous avez admis connaître cet homme, dit-elle en tapotant sur la photographie de la deuxième victime. Vous pouvez m'en dire plus ?

— J'étais jeune quand il travaillait dans les vignes de mon père. Une espèce de marginal embauché par notre contremaître. Il est venu plusieurs années de suite.

Il hésita à continuer ses explications. Elle l'encouragea :

— Pourquoi vous souvenez-vous si bien de lui ?

Seirgalal se gratta l'arrière du crâne pour accompagner sa réflexion.

— Parce qu'il... parce qu'il a violé ma femme.

Il cracha ces paroles comme si cela lui coûtait. Les deux gendarmes ne semblèrent pas surpris par cet aveu, mais il devait leur en dire plus. Charlie continua son interrogatoire :

— Votre femme ? Vous étiez déjà marié ? Mais vous aviez quel âge à cette époque ?

— Quatorze ans. C'était en 1986. Non, mais je savais que j'allais l'épouser à 18 ans.

— Qui était votre future femme ?

— Ma petite-cousine, lâcha le conseiller. Nos pères respectifs étaient cousins.

— Votre famille pratique donc l'endogamie.

— Mes arrière-grands-parents étaient cousins germains. C'était une obsession de conserver la lignée du sang. Seuls les mâles pouvaient, peuvent être dépositaires du domaine. Les filles ont toujours été écartées. Pas question qu'elles ramènent un bâtard.

— Cela n'a pas l'air de vous choquer outre mesure ?

— On a toujours suivi ces préceptes. J'ai donc épousé ma petite-cousine, seule descendante. Elle ne pouvait pas, ne devait pas devenir une héritière.

La capitaine fut exaspérée de son attitude désinvolte.

— Cela ne vous a pas dérangé de bousiller sa vie ?

— Elle et sa mère étaient folles à lier, alors on n'a rien bousillé.

Après ce qu'Amy leur avait raconté, la gendarme chercha à en savoir plus sur les unions consanguines. Ludivine Periot fut ravie de partager ses connaissances sur le sujet. Charlie était surprise de l'existence de ce type de mariage au XXIe siècle. La légiste avait expliqué que, pendant des années, certaines régions avaient montré un taux de consanguinité important. La proche endogamie familiale avait eu une progression importante au XIXe, souvent pour des questions d'intérêt, puis avait décliné à partir de la fin de la Première Guerre mondiale. Malheureusement, le risque génétique lié à ces unions était important. Elle n'avait pas retenu grand-chose, mais sur le moment, l'explication s'était révélée passionnante. Elle avait cependant compris que la consanguinité augmentait le risque de malformations cardiaques ou cérébrales, et d'autres maladies génétiques.

Voyant l'irritation de sa collègue pointer son nez, l'adjudant-chef Martinez reprit le fil de l'interrogatoire :

— Épouser son cousin en 1900 passe encore. Mais en 1990, comment c'est possible ? demanda-t-il.

Seirgalal se mit à ricaner.

— Vous êtes vraiment stupides, la loi française autorise le mariage entre cousins.

Ils connaissaient la loi. Ce qu'ils n'avaient pas compris, c'est pourquoi la petite-cousine n'apparaissait pas dans l'arbre généalogique de la famille.

— Alors, pourquoi tout ce cinéma ? La loi est de votre côté. Pourquoi la faire passer pour une autre ? Elle n'existe pas, il n'y a aucune trace d'elle à l'état civil.

— Personne n'a besoin de connaître nos traditions. Comme il ne fallait pas qu'elle se barre quand elle serait plus âgée, alors on l'a gardée à l'isolement, pour la cacher si vous préférez. Avec sa folle de mère. À sa naissance, il y avait eu un problème, une hémorragie. Une ablation de l'utérus a été faite. Pas de possibilité d'un héritier mâle. Quand je l'ai épousée, on lui a donné une existence. Rien de plus facile à faire que des faux papiers. Née sous X. Je la rencontre à une fête de village, elle est saisonnière et voilà !

Charlie hallucina. Ce mec leur débita ses conneries d'une façon tellement détachée qu'elle avait des doutes sur sa santé mentale.

Leur première victime était cette pauvre femme. Elle avait échappé à une mort certaine et vécu cachée, toutes ces années, avec sa fille dont le sort avait été jeté, joué aux dés, à sa naissance par ces dégénérés.

L'infirmière avait tout raconté à Amy de façon très claire. Comment elle avait découvert ces secrets et comment ils l'avaient payée pour qu'elle se taise. Les filles de cette famille étaient traitées comme des moins-que-rien. Soit elles déguerpissaient pour disparaître et laissaient leur héritage aux hommes, soit elles devenaient complètement folles, n'ayant pas la force de s'affranchir de ce poids génétique pervers.

— Je vous l'apprends certainement, la première victime était la mère de votre femme, lui dit la gendarme.

Pas de réaction.

— Elle vivait chez vous sous les toits, dans une espèce de réduit. C'est bien ça ?

— Comment vous savez ? Vous n'avez pas pu vous empêcher de fouiner partout, pesta-t-il.

— Vous me prenez pour un lapereau de six semaines ou quoi ? Vous êtes tellement sûr de vous que vous n'imaginez pas que quelqu'un puisse vous soupçonner de quoi que ce soit. Donc ?

— Elle était tarée, je ne savais même pas qu'elle n'était plus là. Je ne m'en occupe pas du tout. Personne ne s'en soucie vraiment d'ailleurs. Un peu ma mère pour qu'elle bouffe.

— Vous êtes vraiment une sale ordure. On se demande bien ce qui a pu pousser quelqu'un à vouloir exterminer votre famille, lâcha Charlie avec amertume.

L'adjudant-chef, malgré son dégoût, continua de le questionner :

— Pouvez-vous nous parler de nouveau de Paul Meinargno ? Que s'est-il passé après le viol de votre future femme ?

— C'est mon père qui a géré. Je n'en sais pas beaucoup plus.

— Aucune plainte n'a été déposée ? dit-il surpris.

— Pourquoi ? Pour notre réputation, on a étouffé l'affaire. Point. Y a rien à en dire. C'était avec mon père qu'il fallait voir ça.

— Selon vous, qui pourrait vouloir se venger de votre... comment dire... manque de discernement ?

— Vous croyez que ce viol est la cause de tous ces morts ? Personne n'était au courant. Je ne comprends pas.

Il sembla sincère. Étonné que cette histoire puisse provoquer cette série de meurtres. Il réfléchit et, comme s'il venait de comprendre quelque chose jusque-là occulté, se décomposa devant les enquêteurs.

— Vous pensez vraiment que c'est une vengeance liée à cet événement ? Que le reste de ma famille est en danger ? Que je suis en danger ?

— Je pense que le fait que vous utilisiez le terme « événement » pour désigner cet acte ignoble est le signe que n'importe quelle personne saine d'esprit aurait envie de vous buter. Alors, je répondrai par l'affirmative à vos questions. Vous êtes en danger, lui répondit sèchement la capitaine.

— Et vous comptez faire quoi pour nous protéger ? demanda-t-il avec sa morgue habituelle.

— Je ne sais pas. Vous foutre en taule ?

L'humour de Charlie n'eut pas l'effet escompté.

— Répondez-moi ! Vous allez faire quoi ?

— Avez-vous une idée ou pas de qui pourrait vouloir se venger de vous ? Une des filles évincées ? Du côté de la mère de votre femme ?

— Je ne vois pas. Il ne reste personne.

— C'est forcément un membre de votre famille, quelqu'un de lié à ce viol ? Réfléchissez, il y a sûrement un élément qui...

Elle n'eut pas le temps de finir sa phrase. Un des gendarmes frappa à la porte du bureau et entra, fébrile, pour leur annoncer que la femme de ménage de monsieur Seirgalal avait appelé la brigade, paniquée. L'ambulancier venu chercher Louis pour l'emmener à l'hôpital n'était pas le même que d'habitude. Quand elle avait posé des questions, le type s'était énervé et avait emmené de force le garçon.

— On y va, Martinez.

Charlie pointa son doigt sur le conseiller et, avant qu'il ait pu dire quoi que ce soit, lui intima l'ordre de rester à la gendarmerie :

— Vous ne sortez pas d'ici avant notre retour. Et n'essayez même pas, dit-elle d'un ton menaçant.

Chapitre 39

Les deux gendarmes sautèrent dans la voiture, gyrophares enclenchés. Une course-poursuite, du jamais-vu ici ! Martinez guida Charlie vers le seul chemin qui permettait de sortir du village. Elle scruta l'horizon sans rien voir. Puis, au loin, une voiture apparut en sens inverse. Elle reconnut le 4×4 d'Amy qui fonçait vers elle et, quelques secondes plus tard, leurs véhicules se croisèrent. L'adjudant-chef se retourna et vit Amy faire demi-tour. Il l'appela tout de suite :

— Capitaine Jones, c'est Martinez, je suis avec la capitaine Meunier.

— Vous allez où comme ça ? Il se passe quoi encore ?

Il lui raconta tout. Elle se rapprocha pour n'être qu'à quelques mètres de leur pare-chocs arrière. La voix de la flic résonna dans le haut-parleur :

— Je l'ai croisé, votre ambulance, il y a deux ou trois kilomètres.

— C'est pas vrai ? cria Charlie en tapant sur le volant.

— Je vous double, je vais la rattraper.

Elle les dépassa en une accélération qui fit ronfler le moteur de son engin, et laissa sur place ses deux acolytes.

— Vous êtes de grandes malades toutes les deux, murmura le gendarme en regardant sa collègue, furieuse de ne pouvoir en faire autant.

— Je ne suis pas en train de foncer sur une route de campagne comme si j'étais sur un circuit de F1. Si elle tape un sanglier..., répondit Charlie.

— De grandes malades..., répéta l'adjudant-chef en suivant des yeux le bolide d'Amy déjà presque hors de leur portée.

Charlie le regarda en coin, se demandant s'il n'avait pas pris du plomb dans l'aile à leur contact.

Loin de ces considérations, Amy réfléchit à ce qu'elle allait faire. L'avance du type était conséquente, elle devait rouler vite pour le rattraper et récupérer le gamin. Au bout de plusieurs minutes, elle aperçut le véhicule blanc. Elle accéléra encore. S'engagea alors une chasse à l'issue incertaine. Il allait bientôt la voir dans son rétroviseur. Elle devait considérer la présence du jeune homme prisonnier. Comment l'arrêter sans trop de dégâts ? Elle ne craignait rien, avait connu pire et était une dingue de la conduite. Comment allait réagir le gars ? Elle en était là de ses questionnements, quand l'homme sortit sa main armée par la fenêtre et visa tant bien que mal dans sa direction. Elle entendit un bruit et vit des étincelles sur son capot avant.

— Il me tire dessus, ce con !

D'instinct, Amy leva le pied pour garder ses distances. Elle regarda son GPS dont l'écran affichait en couleur la départementale où elle se trouvait. Quelques mètres plus loin, il y avait une série de virages. Utiliser son arme dans les courbes à droite était compliqué, c'est là qu'elle devait agir. Elle rétrograda, le moteur rugit et elle se colla derrière lui. Il fit des embardées, à droite et à gauche, pour l'empêcher de le doubler. Ils étaient au milieu de la route, l'un empêchant l'autre de passer devant, et mettaient en danger toute personne susceptible d'arriver en face. Il freina brusquement. Bardé d'électronique, le 4×4 réagit et se mit presque à l'arrêt. La flic jura, le recolla dès qu'il eut repris de la vitesse. Puis elle garda une légère distance. Son objectif était de se mettre en travers de son chemin, mais pour ça, elle devait le doubler. Le premier essai fut un échec et Amy laissa au passage des résidus de sa belle peinture gris mat sur l'aile arrière de l'ambulance. Elle repassa derrière lui, remit un écart entre eux, rétrograda et repartit à l'assaut. Le prochain virage était à quelques mètres. Elle lança son 4×4 quand elle vit le début de la courbe à droite. L'ambulance se colla au parapet pour prendre son virage. Deuxième tentative. Elle appuya de nouveau sur l'accélérateur et se mit sur l'extérieur. Son moteur sembla ravi de pouvoir faire hennir ses chevaux. Elle paraissait bien partie, mais il freina de nouveau dans un nuage de poussière et de gomme chauffée, l'empêchant de passer. Une autre série de virages approchait. C'était maintenant ou jamais. Elle prit celui de gauche. Il ne la laissa pas passer. Elle tenta le prochain à droite. *Idem.* Enragée, elle ralentit et le laissa prendre de l'avance.

L'homme la vit disparaître dans son rétroviseur. Parfait. Il reprit une conduite plus souple, se détendit. À tort. Il regardait d'un air mauvais Louis Seirgalal terrorisé, ligoté à ses côtés, comme s'il était son pire ennemi. Sa haine envers cette famille était viscérale. Plongé dans ses pensées fielleuses, il ne vit pas la capitaine revenir derrière lui. Un char d'assaut.

Amy était repartie en trombe, menaçante, marquant le bitume de caoutchouc brûlé et de noir de carbone. Il s'en rendit compte, trop tard, boosté par le bruit du puissant moteur dimensionné pour ce mastodonte. Un atome de panique l'envahit à la vue du monstre, l'empêchant de réagir à l'entrée du virage. Elle déboîta pour se porter à sa hauteur. Le temps s'arrêta l'espace d'un battement de cœur et elle tourna la tête vers lui. Leurs yeux se croisèrent dans cet intervalle de deux secondes. Elle n'y vit rien d'autre que la couleur ensorcelante de ses iris. Le bourdonnement sourd de l'engin la ramena dans la réalité. Son regard se porta à nouveau sur la chaussée et elle le dépassa. Amy garda sa vitesse pour s'éloigner. Dans son rétroviseur, elle aperçut l'homme frapper son volant et eut un regard de compassion pour sa victime ceinturée à ses côtés.

Par à-coups, elle pressa la pédale de frein et les feux de stop s'allumèrent comme un avertissement visuel préalable. Puis, sans hésiter un seul instant, elle appuya dessus de toutes ses forces, rentra sa tête dans son cou, se prépara au choc, confiante dans son 4×4. Déclenchement des technologies électroniques. Bruit de pneus dérapant sur le goudron derrière elle. Impact. Malgré son anticipation, la violence de la collision lui coupa le souffle. L'airbag se déclencha en un bruit sec et violent de coup de feu dans un nuage de poudre. Molécules d'air en suspension. Flottement et étourdissement. Amy secoua la tête, groggy et désorientée. L'ambulance fit un atterrissage brutal et métallique dans un fossé, à l'orée de la forêt. Envolée d'oiseaux dérangés dans leur vie paisible.

Amy reprit doucement ses esprits. Sa voiture avait à peine glissé et s'était positionnée en travers de la voie opposée, le tableau de bord clignotant telle une guirlande de pergola. Elle toucha son visage, rougi par la chaleur dégagée par le tissu, pour vérifier qu'il était intact et tourna sa tête de droite à gauche. Pas de douleur. Ses mains et ses pieds bougeaient toujours. La ceinture de sécurité lui avait comprimé la cage thoracique et son épaule était douloureuse. Elle essaya de se détacher, dut batailler pour sortir la boucle de son logement. Le léger tremblement de ses mains la rendit malhabile et elle mit quelques minutes à s'extraire du véhicule. Un pied, puis l'autre. Elle sentit le sol sous ses chaussures, fit quelques pas vers l'ambulance : vitres explosées, pare-brise étoilé, moteur fumant sortant de la gueule déformée du capot. La flic avança doucement et dégaina son Sig Sauer. Elle réussit à le maintenir devant elle à la hauteur de ses épaules, la respiration plus rapide qu'à l'accoutumée, son sternum et ses côtes la faisant souffrir. En se penchant, elle put deviner une silhouette, tête pendante sur le côté, du sang coulant par gravité sur son visage. Elle reconnut Louis Seirgalal. Elle crut d'abord qu'il était mort sur le coup, puis perçut un mouvement et s'approcha pour vérifier. Elle fut alors rassurée de voir qu'il respirait. Son soulagement s'estompa rapidement lorsqu'elle constata que la place du conducteur était vide. Où était passé le type ? Les alentours étaient silencieux. Elle appela les secours, tout en jetant un œil autour d'elle, sur le qui-vive, son flingue à la main. Ses indications données au 18 n'étaient pas des plus limpides, et l'homme au téléphone, d'un calme digne d'un psychopathe, lui demanda d'être plus précise. Elle ne put lui fournir plus d'explications, mais les pompiers trouveraient, sa voiture leur servirait de repère. Le jeune homme gémit, reprenant pied dans le monde réel. Il porta la main au niveau de sa blessure à la tête, puis regarda ses doigts poisseux de sang. Amy l'observa pour détecter d'autres plaies, puis se mit face à lui pour le rassurer, ses yeux dans les siens, et lui sourit :

— Les secours arrivent. Ne bouge pas et regarde devant toi, lui dit-elle calmement.

Maintenant qu'elle savait que le garçon était vivant, elle devait retrouver l'homme. Sur ses gardes, elle fit le tour en suivant les courbes du véhicule, son regard ne cessant de scruter son environnement proche. Est-ce que l'homme avait été éjecté ? Puis elle longea l'arrière de l'ambulance, coffre en vrac, craquements de verre brisé sous ses pieds. Vigilante, elle se pencha pour visualiser l'autre côté et espérer trouver le corps de l'homme à terre. Rien.

Il a dû se barrer dans la forêt, ce n'est pas possible, enragea-t-elle en son for intérieur. Puis, un léger bruissement se fit entendre derrière elle. Malgré sa rapidité à se retourner, elle ne put esquiver le coup que l'homme lui porta. Elle s'écroula sous le choc, mais dans un réflexe de survie, réussit à s'éloigner du tueur qui revenait à la charge. Il avait l'air mal en point et furieux de la résistance d'Amy. Il se précipita vers elle. Elle roula sur elle-même et se releva d'un bond. Puis, elle pointa son arme sur lui alors qu'il s'engouffrait dans l'ambulance. Elle pensa aussitôt à Louis et se rapprocha pour avoir une meilleure visibilité : pas question de le laisser lui faire du mal. Elle s'avança, une vue plongeante sur le pare-brise avant. Il fouilla l'habitacle, cherchant quelque chose. Presque à toucher le capot, elle lui intima de sortir. S'immobilisant, l'homme aux yeux de tanzanite passa une main dans le vide laissé par la vitre. Amy lui cria de montrer son autre main. Il la sortit d'un mouvement rapide, avec, au creux, un pistolet dont il se servit sans hésitation. La balle fila à la vitesse de cinq cents mètres par seconde. Ce qui ne laissa pas à la capitaine le temps de réagir et encore moins de l'éviter. Le projectile entra au niveau de son bras gauche, puis ressortit aussitôt. Le mouvement de recul la fit tomber et la douleur fut immédiate. Elle n'eut pas le réflexe de mettre sa main pour comprimer le flux de sang. Dans une ultime pointe d'orgueil, elle utilisa son arme contre celui qui courait déjà vers la forêt. Sans avoir eu le temps de viser, elle tira et, furieuse de s'être fait piéger comme une bleue, vida son chargeur sur l'ombre qui maintenant se confondait avec celles des arbres. Elle rechercha un nouveau bloc prêt à l'emploi et, éjectant celui qui était vide, l'enfourna dans un claquement mécontent. Elle avait mal. Son écharpe, qu'elle serra autour de son biceps, fit office de pansement compressif. Au moment où elle s'élança afin de le poursuivre, les gyrophares de la voiture de Charlie éclairèrent la scène de l'accident. De l'autre côté, ceux des pompiers ainsi que l'écho de leur deux-tons complétèrent le spectacle.

Elle alla au-devant des deux gendarmes, qui, déjà sortis de la voiture, se précipitèrent vers elle.

— Putain, c'est quoi ce bordel ? Il est où ?

— Vous êtes blessée, capitaine Jones, s'inquiéta Martinez quand il vit le sang.

— Il m'a tiré dessus, lâcha-t-elle dans un souffle.

— Merde, ça va ? se radoucit la gendarme. Il s'est passé quoi, tu as fait usage de ton arme ?

— Il a tiré le premier, je me suis fait avoir. J'ai riposté.

Les secours prirent en charge le fils Seirgalal. Un officier vint prendre des nouvelles de l'état de santé d'Amy. Elle refusa les soins pour le moment, focalisée sur la traque de l'homme. Elle raconta l'accident à ses collègues. Il était dans la forêt, peut-être blessé.

— On s'en charge avec l'adjudant-chef et l'équipe de Gramat. Fais-toi soigner. Je te tiens au courant, lui dit Charlie.

Le SAMU, arrivé sur les lieux, s'occupa d'elle. La balle était ressortie et le muscle touché. Elle ne saignait plus et une infirmière lui fit un pansement après avoir désinfecté la plaie.

— Vous devez être hospitalisée, il faut vous recoudre, dit-elle.

— Pas question !

Une signature de décharge plus tard, elle rejoignit l'équipe de recherche. Elle ne comptait pas laisser une égratignure l'empêcher de poursuivre celui qui avait essayé de la flinguer.

Chapitre 40

Projecteurs, hommes en bleu et chiens gueulant d'excitation. Les lieux de l'accident se transformèrent en une scène grouillante, testostérone à son apogée. Les trois enquêteurs firent le point sur la suite des événements, cartes dépliées pour repérer le terrain. La nuit serait bientôt là, pas question de tergiverser. Tout était prêt pour poursuivre et attraper le tueur.

Louis Seirgalal fut évacué vers l'hôpital, sous escorte. Bon pronostic. *Heureusement pour la capitaine Jones*, lâcha l'adjudant-chef en levant les yeux au ciel. Charlie s'inquiéta de la blessure de sa collègue.

— Je te dis que ça va ! Je ne saigne plus. Racontez-moi plutôt votre discussion avec le conseiller.

— Il ne sait pas qui pourrait lui en vouloir autant. Mais c'est forcément lié au viol et à ce qu'il a fait subir à sa petite-cousine-femme, lui expliqua Martinez après avoir résumé leurs échanges.

— Notre infirmière ne sait pas ce qu'il s'est passé après le viol, la gamine a disparu quelque temps. Quand elle l'a revue, elle était encore plus barge qu'avant et elle s'est suicidée quatre ans après son mariage, répondit Amy.

— Pourquoi s'est-elle tuée ? demanda-t-il.

— L'infirmière a dit que la mort de ces deux petites filles lui avait brisé le cœur et le cerveau. Ce sont ses mots.

— Tu te souviens d'autre chose dans votre discussion, quelque chose qui t'aurait interpellée ?

Amy regarda la gendarme d'un drôle d'air.

— Tu penses à quoi ?

— Je me demande pourquoi cette fille a vrillé à ce moment-là. Elle en avait marre de servir de pondeuse pour son débile de mari ou alors il y avait une autre faille.

— Toute la souffrance glissait sur ses ailes d'ange. C'est texto ce qu'elle m'a dit. Elle n'a pas été très claire sur un point : son départ du manoir pour la maison de repos quelque temps après le viol et, à son retour, des mois après, la tristesse de la petite qui était exacerbée. Sa gaieté était réapparue avec la naissance de ses fils, elle était aux petits soins pour eux. C'est à peu près tout ce qu'elle m'a dit.

En les écoutant, l'adjudant-chef gribouilla des mots sur son carnet, en entourant certains et en soulignant d'autres. Elles le regardèrent faire, sans l'interrompre. Dans ses pensées, il sembla avoir vu émerger une hypothèse de ses écrits. Impatiente, Charlie n'attendit pas qu'il veuille bien partager ses observations.

— Je vous en supplie, crachez le morceau si vous avez un truc. Dites-le, au point où on en est.

— Je ne suis pas sûr, mais ça me fait penser à une histoire que j'ai suivie il y a longtemps... Je me demande si...

Elle lui fit une mimique qu'il comprit aussitôt et il déballa son hypothèse :

— Et si, après le viol, la petite-cousine s'était retrouvée enceinte ?

Les deux capitaines échangèrent un regard, puis l'encouragèrent à poursuivre.

— Vous imaginez le scandale pour la famille si elle avait eu un enfant. Un bâtard. Ils ne sont peut-être pas assez pourris pour l'avoir noyé, mais avec leur fric et leurs relations, ils ont dû s'en débarrasser. Il est bien quelque part ce gamin, non ?

— Vous êtes génial ! Vous avez raison, le gosse les a retrouvés et il se venge. Il aurait la trentaine, dit la gendarme.

— Qui pourrait être au courant ? demanda Amy. Seirgalal n'a pas dû être mis dans la confidence. À l'époque, c'était son père qui gérait les affaires.

— Lui et son avocat, ajouta-t-il.

Charlie acquiesça en se dirigeant vers les hommes qui attendaient son signal.

— Pour l'instant, il faut retrouver le type avant qu'il ne fasse d'autres dégâts. On parlera à l'avocat après.

Chapitre 41

Il courut dans cette forêt à la limite de sa capacité pulmonaire. Son portable ne lui servait à rien. Aucun réseau ici. Les ondes étaient contrées par la puissance qui émanait des arbres et des autres habitants sylvestres. Cela ne l'arrangea pas.

— Cette garce de flic a réussi à m'atteindre, grogna-t-il en retirant sa main rougie de son flanc droit.

Il devait rejoindre sa tanière. Heureusement, il se rendit compte qu'il en était proche. Les flics ne le laisseraient pas s'enfuir comme ça. Un premier accroc dans son plan. Il s'était laissé surprendre par cette femme au manoir, méfiante, qui ne s'en était pas laissé compter et l'avait déstabilisé.

— Merde ! cria-t-il, sentant qu'il commençait à perdre le contrôle.

Ce sentiment déroutant d'être pris au piège, ne pas avoir su gérer la situation, l'enragea. Le fils de Seirgalal était toujours vivant. *Rien n'était perdu*, dit-il pourtant pour se rassurer. Il continua à courir, laissant son esprit se ressaisir et réfléchir. Puis, après ce qui lui parut être des kilomètres, il s'arrêta un instant pour reprendre son souffle et retrouver une fréquence respiratoire normale. Penché en avant, une main toujours posée sur sa blessure, il haleta. Parcourir ces centaines de mètres à un rythme de sprinter avait des conséquences, même pour lui. Quelques minutes. Pas plus, se dit-il. Son corps devait lui obéir encore, pour ne pas laisser trop de temps à ses poursuivants. En se redressant, il inspira calmement et profondément à plusieurs reprises, tout en regardant autour de lui, aussi loin que son regard portait. Cela faisait des semaines qu'il arpentait ces bois, il en avait mémorisé les endroits remarquables tout autour de chez lui. Des arbres aux branches biscornues, des arbustes touffus de baies, des souches de bois mort, des terriers d'animaux et de vieux nids lui permirent d'établir une carte visuelle de son territoire. Il pouvait dire exactement à quelle distance de la route il se trouvait. Par chance, l'accident avait eu lieu à proximité d'un des chemins forestiers menant à des parcelles d'affouage. Il était parallèle à celui menant à son antre, ce qui facilita sa fuite. Des ronces de mûriers lui faisaient face, lui indiquant qu'il devait continuer dans ce sens. Rien alentour ne bougea, aucun bruit suspect, autre que celui intrinsèque aux forêts, ne lui parvint. Étaient-ils loin derrière lui ? Retrouveraient-ils sa trace ? Il n'avait pas de doute sur ce point. La question était de savoir s'il aurait le temps de retourner au village. Il reprit sa course en grimaçant de douleur.

De leur côté, les enquêteurs s'engouffrèrent dans la forêt, là où l'homme s'était enfui. Les chiens reniflèrent le tissu du siège de l'ambulance. Ils étaient prêts comme s'ils partaient chasser. Amy était la plus déterminée. Elle voulait retrouver ce type, son ego en avait pris un coup, pas question de le laisser filer. Elle le décrit à ses collègues. Physiquement, l'homme était banal, taille et corpulence moyennes, cheveux bruns. Seuls ses yeux étaient particuliers, leur couleur était d'un bleu envoûtant. *Jamais vu ça*, dit-elle à Charlie qui la regardait de travers. Un bleu profond presque violet, celui de son rêve. C'était donc lui.

La traque les emmena au cœur de la forêt. Comme un seul homme, tous s'y enfoncèrent sans savoir où cela les mènerait, ni même si cela les mènerait quelque part. Les trois enquêteurs se concentrèrent pour marcher à la même allure que les conducteurs cynotechniques. Celui qu'ils traquaient avait de l'avance. Avait-il une idée de l'endroit où il allait ? Avait-il l'avantage du terrain ? Ils n'avaient pas de réponses à ces interrogations. Les enquêteurs ne pouvaient compter que sur le flair de leurs compagnons à quatre pattes et sur leur chance.

Ils avancèrent à une allure soutenue. La flic, tendue, avait l'impression qu'ils se traînaient. Ils trébuchaient sans cesse sur des branches mortes, se prenaient les pieds et les pantalons dans les ronces, leur attention focalisée devant et derrière eux, s'attendant à voir surgir l'homme à tout moment. Elle regarda de temps en temps vers sa collègue dont la vigilance se lisait dans le froncement de ses sourcils et sur ses mâchoires serrées. Martinez les suivit de près, attentif au moindre mouvement. Butch prit plaisir à coller sa truffe dans les fourrés et sembla n'avoir aucun doute sur la direction à prendre, aidé par son maître qui l'encouragea. Les animaux de la forêt restèrent silencieux, comme impliqués dans la poursuite, et la moindre branche morte craquant sous un ranger fit sursauter les hommes. La nervosité palpable, ajoutée à la pénombre des bois, donna une texture à l'air autour du groupe. Quand l'un d'eux se prit le pied dans une racine et chuta, le bruit se répercuta contre les arbres, blanchit un peu plus les phalanges des mains tenant les armes et rendit l'atmosphère encore plus oppressante. Même les oiseaux semblèrent avoir disparu et le vent totalement absent immobilisa chacune des feuilles autour d'eux. La simple notion de temps n'exista plus, tous avaient en tête le meurtrier qu'ils devaient arrêter. Ils continuèrent leur progression, vigilants, et, sans s'en rendre compte, avalèrent des kilomètres. Puis, enfin, une excitation parcourut le groupe, onde propagée par Butch et son maître qui, plus en avant, s'arrêtèrent brusquement. Charlie eut un frisson et s'élança vers eux, Amy derrière elle. Qu'avaient-ils trouvé ? En arrivant aux côtés de l'adjudant Perec, elle l'interrogea du regard. Il tendit son menton droit devant lui. Les deux enquêtrices portèrent leur regard dans la direction indiquée.

Sans savoir où ils se trouvaient, se dressait devant eux, dans l'ombre, une maison de pierres. Qui avait eu l'idée de la construire à cet endroit ? Elle avait un étage, mais l'emprise au sol était limitée. De petites ouvertures ceignaient le bas de la maison au ras du sol et ils pouvaient voir deux fenêtres aux volets fermés à l'étage. La capitaine Meunier stoppa les hommes, les positionna autour de la maison, tandis qu'elles se dirigeaient vers la première ouverture, une minuscule fenêtre. Après un coup œil, elles ne virent rien. Leurs armes en main, elles prirent la décision de faire le tour de la maison, chacune d'un côté. L'adjudant-chef resta derrière pour les couvrir avec les équipes. Elles se retrouvèrent rapidement à l'avant, d'où partait un chemin de terre qui devait mener à la civilisation, à la route. La seule ouverture accessible était une porte-fenêtre. Celles de l'étage étaient condamnées par des planches. La capitaine Jones essaya de l'ouvrir avant toute autre action. Le battant bougea sans bruit. Faisant signe à sa collègue, elle entra la première. La lumière de l'extérieur éclaira suffisamment la pièce pour y apercevoir son contenu : une table, des chaises, une cuisine avec évier et gazinière, et un canapé. Confort spartiate limité à l'essentiel. Lampes torches tactiques en main, les deux femmes balayèrent la pièce. Deux escaliers. Celui menant à l'étage était condamné. L'autre sembla s'enfoncer dans les profondeurs de la terre. Elles se dirigèrent vers lui. L'escalier en pierre recouvert de terre les amena vers l'antre. À mi-parcours, les molécules odorantes commencèrent à emplir l'espace. Amy fronça le nez sans rien dire, Charlie laissa échapper un juron étouffé. Marche après marche, sans précipitation, elles descendirent en retenant, inconsciemment, leur respiration par paquets de secondes. Toujours leurs armes brandies devant elles, elles débouchèrent dans une salle en terre battue, à hauteur d'homme, qui exhalait cette odeur indéfinissable. Torches sur leur Sig Sauer, la luminosité était réduite aux halos qu'elles diffusaient. L'escalier se situait au milieu de cet espace, si bien qu'elles durent se tourner le dos pour visualiser l'ensemble. Pas âme qui vive. Des cages aux barreaux d'acier. Vides. La gendarme se retrouva devant un bureau, tableaux et schémas recouvrant tout un pan de mur.

— Viens voir ça, souffla-t-elle.

Sa collègue se dirigea vers elle, toujours sur le qui-vive, scrutant les alentours et tentant d'apercevoir quelque chose. Aucun mouvement n'attira son attention.

— Regarde ! Il n'a rien laissé au hasard, le type.

Elles se focalisèrent sur tous les papiers, cartes et autres documents étalés sur la table. Un arbre généalogique similaire à celui qu'elles avaient construit prenait une place conséquente. Des croix rouges marquaient la fin de ses victimes. Il avait anticipé celles de Xavier et de son frère Louis. L'anicroche dans son projet. Il avait été vaniteux. Il avait perdu.

— Imagine le taf que cela a dû lui demander, c'est un truc de ma...

Elle n'eut pas le temps de terminer sa phrase, une voix sourde s'éleva derrière elles :

— Effectivement, ce fut un travail de longue haleine.

Elles se retournèrent dans la seconde et braquèrent leurs armes sur l'homme devant elles. D'où sortait-il ?

— Lâchez votre arme, assena la flic furieuse de s'être encore fait avoir.

Le tueur tenait devant lui un fusil de chasse, gros calibre pour gros gibier, du sang séché croûtait son visage et son t-shirt. Il les fixa de ses yeux magnifiques, de ce bleu presque irréel. Il ne semblait pas intimidé par les armes pointées sur lui.

— La prochaine fois, avant de satisfaire votre curiosité malsaine, faites le tour du propriétaire. Il y a une autre salle, là-derrière. Avec la pénombre, ce n'est pas facile à voir, mais quand même, des enquêtrices aussi douées que vous, dit-il en secouant la tête.

Sa voix ne trembla pas, il ne trembla pas. Son attitude n'était pas celle d'un homme pris au piège. Aucune émotion ne parcourut son visage, comme figé dans un masque de cire. Seuls ses yeux reflétèrent une étincelle de vie.

Charlie réitéra l'ordre donné :

— Lâchez votre arme !

D'une voix posée et calme, il continua à leur parler :

— Non, je n'y tiens pas.

— Tu n'as aucune chance. Même si tu nous butes là, dehors c'est blindé d'hommes en bleu. C'est fini, ajouta-t-elle.

Un léger sourire fit bouger ses lèvres.

— Oh ! mais non, ce n'est pas fini, mesdames. C'est vrai que j'étais persuadé de terminer le boulot. Il y a eu un couac avec le dernier Seirgalal. Je n'avais pas tout prévu et encore moins le coup de la poursuite, ça, bravo ! ricana-t-il le visage plus animé.

— Je te le répète, lâche ton arme !

— J'avais compris la première fois. Capitaine ? Commandant ? demanda-t-il ironique. Je dois vous reconnaître une certaine pugnacité. Les chiens, les questionnements, les Seirgalal sur lesquels vous vous êtes focalisés assez vite. Vous avez des cerveaux véloces, leur dit-il en tapotant sa tempe.

Un silence glacial s'abattit sur eux, sans qu'aucun ne sache quoi faire. Les deux enquêtrices, immobiles, avaient les mains crispées sur leurs armes, les jointures blanchies par la force avec laquelle elles les serraient. Le sourire du tueur disparut brusquement et son visage s'anima d'une grimace. Un froncement de sourcils, les ailes du nez qui s'étirent comme sous l'effet d'une respiration difficile. Une indifférence et un calme feints. Il sembla en colère.

— Savez-vous qui je suis ? cracha-t-il soudain.

— Vous êtes le fils de la femme de Jean Seirgalal. Violée à 14 ans par un saisonnier. Que vous avez tué aussi, c'est bien ça ? lui demanda Amy plus irritée qu'il n'y paraissait.

Son sourire revint, ses yeux bleus s'assombrissant d'un voile de tristesse à l'évocation de sa mère.

— Elle s'appelait Jeanne. Un joli prénom, non ? Ils l'ont abîmée. Maltraitée, séquestrée. Humiliée. Pourtant elle était douce et gentille. Enfin, c'est ce que j'ai appris, murmura-t-il.

Il s'arrêta pour regarder le fusil qu'il tenait et se passa une main sur le visage. Il soupira et confirma aux deux capitaines l'hypothèse émise par l'adjudant-chef :

— Je suis son fils. Elle a été contrainte de m'abandonner. Moi, le bâtard. Issu d'un viol. La honte sur les Seirgalal si cela s'était su. Je l'ai vengée, ajouta-t-il dans une expiration bruyante.

— Mais votre grand-mère ? Elle n'avait rien fait. Pourquoi elle ? demanda Amy qui cherchait à comprendre.

Il la regarda comme si elle avait proféré une insulte. Il la toisa.

— Vous plaisantez ? cracha-t-il furieux. Elle ne valait pas mieux que les autres. Une lâche ! Elle aurait pu s'enfuir quand elle a su dans quelle famille de tarés elle était. D'autres l'ont fait. Non, elle a infligé cette vie de solitude et de presque esclavage à sa fille, à ma mère.

— Tu aurais dû buter le père Seirgalal au lieu de t'en prendre à son jeune fils et à cette vieille, souffla la gendarme.

Sa remarque le fit sourire et il redevint plus calme.

— C'était le plan, répondit-il. Enfin, rien n'est perdu.

Elle essaya de nouveau de le raisonner.

— Laisse tomber. Maintenant, c'est terminé, lâche ton arme, ne nous oblige pas à te tuer là au milieu de ce... ce truc !

— Ce truc était parfait pour ce que j'avais à faire. Je me suis bien amusé. Et je suis désolé de vous le dire, d'insister sur ce point parce que vous n'avez pas l'air de comprendre. Mais ce n'est pas fini. Rien n'est terminé, assena-t-il soudain tout sourire.

Les capitaines ne comprirent pas son attitude changeante, froide et colérique, puis plus sereine. Pensait-il échapper aux femmes ? Quand bien même, les hommes dehors ne lui laisseraient aucune chance.

La scène parut incongrue. Deux femmes armées, un homme aux yeux d'ange face à elle, à peine visible dans les halos éblouissants des lampes. L'homme bougea ses pieds, de la terre se souleva, au ralenti et en suspension dans l'espace. Les grains étaient bien visibles dans les faisceaux lumineux. Les deux capitaines connaissaient déjà l'issue. La poussière retombe toujours. Principe de physique élémentaire. Déjà, les minuscules particules, sous l'effet de la gravité, revinrent à la case départ. Dans cet interminable arrêt sur image, l'homme arma son fusil et posa son doigt sur la queue de détente, sa moelle épinière se préparant à actionner les muscles de ses doigts. Elles mirent imperceptiblement leurs corps en mouvement et, l'entraînement, l'habitude, la volonté, la colère, quelle que soit la raison, cela fit la différence. Les deux balles tirées atteignirent leur cible. L'homme touché des deux côtés de son thorax appuya au moment même où le recul le fit bouger, modifiant la position du fusil et la trajectoire du projectile. Il bascula, puis tomba dans un bruit mat, dans un nuage de terre battue. Peut-être avait-il déjà rejoint celle pour qui il était allongé sur ce sol froid.

Immobiles, leurs armes chaudes et encore fumantes en main, les enquêtrices entendirent une cavalcade au-dessus d'elles.

— On est en bas ! cria Charlie pour qu'ils l'entendent.

Ils déboulèrent à plusieurs, Martinez en tête, arme au poing, prêt à en découdre.

— Tout va bien, enfin pour nous, le rassura-t-elle, pendant qu'Amy vérifiait la présence d'un signe de vie chez l'homme à terre.

Elle se releva en secouant la tête.

Un des gendarmes trouva l'interrupteur, et une ampoule à nu éclaira la cave de façon plus homogène. Les molécules odorantes parurent plus prégnantes maintenant que les photons étaient présents. Ils firent le tour et découvrirent la guillotine, ainsi que le corps torturé de Louise Seirgalal conservé dans une housse mortuaire, et les restes, têtes et mains, de ses autres victimes. Femmes, hommes et chiens attendirent les techniciens de l'identification, puis ceux qui n'avaient plus rien à apporter regagnèrent la brigade, soulagés.

La capitaine Meunier promit un débriefing avant qu'ils ne repartent tous vers d'autres affaires, vers leur vie. Paperasses, justifications et autres procédures allaient suivre, avec le sentiment du devoir accompli.

Une sensation de redescente d'adrénaline surprit les deux capitaines. Elles retrouvèrent peu à peu leurs sens, reprirent leurs esprits malgré le léger étourdissement qu'elles ressentaient encore en raison de la fin précipitée de leur enquête. Seul l'adjudant-chef sembla dans un état normal. Amy posa sa main sur le pansement de son bras et sentit sous ses doigts l'humidité du sang qui avait imprégné la compresse. Charlie secoua la tête en la voyant faire.

— Tu vas finir par te vider de ton sang ! Direction l'hôpital en rentrant, lui ordonna-t-elle en voyant sa collègue grimacer.

Debout l'une en face de l'autre, elles restèrent un moment à se regarder. Le temps sembla s'être figé et seule la présence de leur collègue qui s'affairait à rassembler les derniers documents donna une réalité à la scène. Quand il eut fini, il les regarda et rompit le silence :

— Capitaines ? Je vous ramène à la brigade ? demanda-t-il.

Sans un mot, elles se mirent en mouvement pour le suivre et quittèrent le ventre du monstre pour regagner la vie et l'air libre.

Chapitre 42

Plongées dans leurs pensées, une sale impression démangea les neurones des deux enquêtrices, comme un sentiment diffus d'inachevé. Amy fut la première à évoquer le sujet, malgré sa blessure qui se rappelait à elle en une douleur lancinante :

— Pourquoi il nous a dit que ce n'était pas fini ?

— Je n'en sais rien, on va dire qu'il n'était pas très frais quand même.

— D'accord, mais pour quelqu'un d'aussi rigide, d'aussi organisé, il n'avait pas vraiment l'air déçu. Contrarié, un peu en colère mais pas enragé.

— Tu penses à quoi ?

— Il y a un truc qui me dérange.

— On va éplucher ses papiers en rentrant, ça te va ?

Amy acquiesça, pas convaincue.

Toutes les deux se remémorèrent leur face-à-face, les yeux de cet homme occupant leur réflexion. Chacune pour des raisons différentes et ce sentiment tenace les troubla sans en comprendre l'origine. Pourtant, prises par la fin de leur enquête, les deux enquêtrices oublièrent pour un moment leur ressenti négatif.

À la brigade, les hommes leur apprirent que Louis Seirgalal était sorti d'affaire, il n'avait été que légèrement blessé à la tête. Le conseiller précisa aux gendarmes présents à l'hôpital qu'ils avaient de la chance qu'il ne porte pas plainte.

L'adjudant Perec, sur le départ, les félicita pour la réussite de leur enquête :

— Vous voyez que votre idée était bonne, les chiens ont été utiles, pas comme vous l'espériez, mais on était là au bon moment.

— Vous avez des collaborateurs formidables, lui dit Charlie en caressant le poitrail de Butch, ravi de cette attention.

Elle emmena Amy à l'hôpital pour qu'elle puisse se faire soigner. Quelques points de suture, des antibiotiques et, après une nuit d'observation, elle ressortit toute neuve.

Le procureur appela pour complimenter les enquêteurs. *Quand même, quelle histoire ! Et tous ces morts*, avait-il lâché, contrarié.

Les papiers trouvés dans l'antre du tueur avaient été triés et les traces de son passé, déterrées. Il avait créé plusieurs start-up dans le numérique, revendues à prix d'or. Un parcours chaotique depuis l'orphelinat, famille d'accueil et autres foyers. Belle réussite scolaire et professionnelle. La suite de sa vie fut consacrée à la vengeance, à retrouver sa famille, ses parents biologiques, à échafauder son plan. Des analyses ADN seraient faites pour confirmer son appartenance à la famille Seirgalal. Son téléphone contenait des messages sibyllins avec une personne anonyme qui connaissait les desseins du tueur et cela ne fit qu'aggraver les impressions des deux capitaines quant au dénouement de cette histoire. Rien dans ce qu'elles avaient trouvé ne leur permit d'effacer ce sentiment gênant.

La brigade retrouva sa quiétude habituelle, mais la frustration des enquêtrices, intacte, contamina l'adjudant-chef en proie, lui aussi, à des interrogations sur les propos du tueur. Tous les trois finirent leur rapport d'enquête et terminèrent le classement des papiers recueillis et des preuves accumulées. La salle de réunion résonnait de leurs silencieuses réflexions lorsque l'un des hommes arriva en trombe, l'air catastrophé de celui qui a fait une mauvaise rencontre.

— Qu'est-ce qui se passe ? grogna le gendarme.

— C'est Jean Seirgalal. Il est là. Pas content...

— Mais quoi encore ? Il veut quoi ? s'emporta Charlie.

— Il dit que son fils a disparu.

— Son fils Louis, à l'hôpital ?

— Non l'autre, Xavier.

Ils se regardèrent tous les trois, les mêmes réflexions électrisant leurs synapses et apportant un éclairage soudain aux derniers mots du tueur.

— Je ne comprends pas, murmura Martinez tout en appréhendant bien ce que cette information impliquait.

— Il est là ? demanda Charlie sortie de son mutisme.

— Oui, en bas à l'accueil, il vous attend.

Le conseiller tournait en rond comme la bête féroce qu'il était, hors de lui. Lorsqu'il vit les trois enquêteurs passer la porte, il hurla :

— C'est quoi ce putain de bordel ? Qu'est-ce qui se passe ?

— Calmez-vous, monsieur Seirgalal, essaya sans succès le gendarme.

— Ne me dites pas ce que je dois faire ! Vous faites quoi là, on me dit que le tueur est arrêté et pourtant mon fils a disparu.

— Dites-nous pourquoi vous pensez à une disparition.

— Je l'ai vu hier à l'hôpital, il m'avait rejoint pour voir son frère. Puis il est reparti pour voir des copains et je suis resté avec Louis. Il m'a appelé dans la soirée ; avec ce qui se passe, on s'appelle régulièrement. Depuis, rien. Il n'est pas à la maison et je n'arrive pas à le joindre. J'ai essayé sa copine, mais rien non plus. Les deux sont sur messagerie.

— Ses amis ? Vous les connaissez ?

— J'ai leurs nom et adresse.

— On s'en occupe, lui dit l'adjudant-chef.

La discussion des enquêtrices à propos du tueur et les différents éléments moulinèrent comme dans un processeur. Amy l'interrogea sur la petite amie :

— Elle était avec lui ?

— Cette garce est toujours collée à ses basques !

— Pourquoi vous dites ça ?

— Elle en veut à notre argent, à peine six mois qu'elle est là et elle s'incruste déjà chez nous.

— Vous savez où elle vit ?

— Dans le village, mais je suis allé chez elle, il n'y a personne.

Martinez, de retour avec les informations, confirma la présence de Xavier Seirgalal chez ses amis. Ces derniers n'avaient rien relevé d'inhabituel, et lui et sa copine étaient repartis vers 23 heures.

— Vous allez faire quoi, maintenant ? demanda le conseiller.

— Votre fils est majeur et, pour l'instant, rien ne nous indique qu'il soit en danger, lui répondit Charlie.

— Mais vous êtes dingues, avec tous ces meurtres ! Il lui est arrivé quelque chose.

— Le tueur a été arrêté, lui rappela-t-elle, hésitante.

— Ce n'est pas possible, vous vous êtes plantés. Mon fils a disparu, j'en suis sûr. Il n'aurait jamais éteint son téléphone.

Silence des enquêteurs. Seirgalal n'avait pas tort. Charlie réagit la première. Une impulsion.

— Donnez-moi le numéro de votre avocat.

— Pour quoi faire ? maugréa-t-il.

— Vous savez qui était le tueur ? le questionna-t-elle.

— Personne ne m'a rien expliqué.

— Le type qui a zigouillé toute votre famille était le fils de votre femme. L'enfant né après son viol. Le demi-frère de Xavier et Louis. Donc, soit votre fils a fugué parce qu'il en avait marre de sa famille, soit, comme vous le dites, quelqu'un l'a enlevé, et peut-être déjà tué.

Devant sa mine déconfite, elle continua son explication :

— La première option est peu probable. Il semble que votre fils aîné marche sur vos traces, il m'a l'air aussi... comme vous. Vraisemblablement, il ne s'est pas enfui. La seconde option colle plus.

— Mais par qui ?

— C'est là où nous ne pouvons émettre que des hypothèses. Le tueur, celui qui a enlevé Louis, est mort. Si la disparition de Xavier est liée à tous ces meurtres, c'est que le tueur avait un complice, termina-t-elle.

— Un complice ? Vous voulez dire qu'il y a plusieurs personnes derrière tous ces meurtres ?

— Un complice qui pourrait être un frère ou... une sœur, compléta Amy.

— Votre femme a peut-être mis au monde des jumeaux. Seul votre avocat pourra le confirmer. Il connaît tous les petits secrets familiaux, n'est-ce pas monsieur Seirgalal ?

Le conseiller les regardait à tour de rôle, tous les trois, comme s'ils venaient de lui annoncer la fin du monde. La fin du sien.

— Votre fils a rencontré son amie très récemment, vous venez de nous le dire. Brune, yeux bleus magnifiques, c'est exact ? demanda la capitaine Meunier.

Il confirma d'un hochement de tête.

— D'un bleu étrange. Comme ceux du tueur. Coïncidence ? ajouta sa collègue pour enfoncer le clou.

— Le numéro, ordonna Charlie en tendant la main vers le conseiller abruti par ces révélations.

Il le sélectionna et lui tendit son téléphone. Quelques minutes à peine, elle revint avec la confirmation.

— À la suite du viol, votre femme a eu deux enfants. Une fille et un garçon. Placés tous les deux à l'orphelinat. Grâce à votre avocat.

Elle continua son explication :

— Elle a enlevé Xavier pour finir le travail de son frère. Ils devaient avoir planifié ça pour le faire en même temps. Il ne restait plus que vous, après la mort de vos fils, dit-elle en regardant le conseiller.

Charlie quitta l'accueil, laissant Jean Seirgalal seul avec sa colère. Elle savait que Xavier serait retrouvé un jour ou l'autre. Écorché ou castré. Quelque part, sur les terres de son père ou ailleurs. Ce n'était pas fini pour cette famille. Elle s'avoua impuissante. Ou presque. L'avocat pourrait être mis à contribution pour retrouver la fille. Mais l'enquête prendrait des mois, elle le savait. Amy la rejoignit.

— Qu'est-ce qu'on fait pour le fils du conseiller ?

— Martinez va prendre sa déposition et je vais transmettre au procureur notre hypothèse. Une nouvelle enquête sera certainement ouverte si sa disparition est confirmée.

Elles restèrent un instant, toutes les deux assises dans le canapé, se demandant ce qu'elles auraient pu faire pour éviter ça.

— Qu'est-ce qui t'a fait penser à un jumeau ? demanda la flic.

— Et toi ?

— C'est ton rêve qui m'a fait tilter. Quand tu as parlé des yeux bleus, tu as évoqué le visage d'un homme ou d'une femme, les deux étaient possibles. Et j'ai pensé à la petite amie arrivée depuis peu et aux mots du tueur.

— Ce n'est pas ça qui m'a alertée, c'est Mireille la secrétaire de mairie. C'est elle qui nous a dit pour la copine. Aux yeux bleus étranges et magnifiques.

Chapitre 43

Au bout de vingt-quatre heures, le conseiller confirma que son fils Xavier n'était toujours pas réapparu. Une enquête pour disparition fut ouverte. Trois jours après la mort du tueur, aucun corps n'avait été retrouvé. Les Seirgalal n'étaient plus que deux à hanter le manoir vide. Une protection leur fut proposée dans le cadre de l'enquête sur la disparition du fils, au regard des suspicions qui pesaient sur la jumelle et du projet probable d'éliminer tous les membres de la famille. Il écarta cette proposition, en expliquant aux gendarmes qu'il était tout à fait capable de se protéger.

La capitaine Meunier apprit, grâce à l'avocat, que les enquêteurs chargés de la disparition avaient remonté la piste de la jumelle. Le frère et la sœur avaient été séparés depuis l'enfance. Elle avait eu un parcours aussi chaotique que lui et leurs retrouvailles avaient sonné le glas des Seirgalal. Des marques indélébiles de souffrance, tatouages douloureux d'une vie qui avait commencé dans la violence et qui les avait conduits à la mort pour l'un et à une vie de traque pour l'autre. Charlie ne voulut pas en savoir plus, ni rentrer dans la vie de ces jumeaux maudits.

Elle retourna à la brigade territoriale plusieurs jours après la fin de l'enquête et croisa Mireille, la secrétaire de mairie.

— Bonjour, inspectrice. Vous allez bien ? Ça vous a servi nos recherches à l'état civil ?

— Parfait, Mireille. Merci encore.

— J'ai appris pour le petit Louis et son frère Xavier. On ne l'a pas encore retrouvé ?

— Non.

— Quelle tristesse ! Et sa fiancée ? Vous savez, la petite dont je vous avais parlé ?

— Je ne savais pas qu'ils étaient fiancés.

— Mais oui, c'est récent. Je ne pense pas que le père soit au courant. Si ça se trouve, c'est pour ça qu'il est parti. Il s'est enfui avec elle.

— Peut-être, Mireille, peut-être.

— C'est dommage, on aurait eu un beau mariage à l'église. Je l'ai vue, la petite, il n'y a pas longtemps, on en a parlé du mariage.

— Ah bon, quand ? demanda-t-elle soudain intéressée.

— Je ne sais pas, il y a quelques jours, une semaine peut-être. C'est dommage quand même que le père de Xavier soit aussi revêche. Je lui avais dit, à la petite, que les Seirgalal étaient compliqués. Elle riait en disant qu'elle saurait se faire aimer.

La gendarme sourit en pensant à l'ironie de ces propos.

— Le mariage, c'était pour bientôt en plus. Quel dommage, hein ? Elle était pressée la petite, c'est compréhensible. Ils ont peut-être changé d'avis à cause du père, quand même...

— Pressée ? Pourquoi ?

— Bah à cause du bébé. Je ne vous l'avais pas dit. La petite était enceinte. De trois ou quatre mois déjà. Ça, ils ont fait vite. Ils n'ont pas traîné. Le père Seirgalal devait faire une sacrée gueule quand il apprit ça, non ? Vous ne croyez pas ?

— Alors ça oui, une putain de sacrée gueule, répondit-elle.

Charlie partagea cette révélation avec Amy. Est-ce que le conseiller le savait ? Elles en doutaient. Mais toutes les deux étaient certaines que cette grossesse faisait partie du plan. La flic trouva toute cette histoire machiavélique. Se faire engrosser par son demi-frère et, en parallèle, exterminer toute la descendance mâle. Ce devait être le dessein qui les liait, frère et sœur honnis, abhorrés par leur famille. Il ne devait rester qu'eux. Et l'enfant. Quelle serait la suite ? Le ferait-elle reconnaître comme un descendant des Seirgalal pour récupérer l'héritage ? Est-ce qu'elle avait tué Xavier ? Était-il prisonnier ? Consentent ? Aucune de leurs questions ne trouva de réponses. Pas de corps, pas de certitude. Les trois enquêteurs, toujours en contact, suivirent cela de loin, l'amertume de l'inachevé intacte.

Les semaines passèrent et chacun reprit sa place, sa vie. L'enquête sur Xavier Seirgalal était au point mort. Toujours pas de corps. Pas de pistes, ni d'hypothèses. La fin de l'année approcha avec tout ce que cela impliquait. Charlie aimait cette période de froid et de fêtes. Odeurs de bonheur et de cannelle. Amy l'invita au restaurant pour la Saint-Nicolas. Une sorte de répétition de Noël ou le vrai Noël, c'était selon.

— C'est en quel honneur ?

— Rien. Je voulais juste te voir. Nous n'avons pas parlé depuis la fin de l'enquête.

— Parler de quoi ? marmonna-t-elle en sachant ce que sa collègue avait en tête.

— Tu le sais bien. De tes rêves.

— Pourquoi tu veux en parler ? J'étais fatiguée, c'était une enquête difficile.

— À d'autres.

— Tu veux faire quoi ? M'exorciser ? Me découper en rondelles ? M'interner comme une folle ? dit-elle en s'énervant.

— Tu n'es pas folle. Tu es différente c'est tout.

— Comme notre tueur de famille.

— Tu sais bien que ce n'est pas ce que j'ai voulu dire. Différente en bien.

Comme prévu, la gendarme s'enferma sous sa carapace. Elle n'avait pas envie d'en parler.

Mais à la fin du repas, Amy lui proposa de lui présenter quelqu'un. Elle supplia, insista.

Charlie plia. Rendez-vous fut pris pour la semaine suivante. Le soir même, elle regretta d'avoir accepté. Accepter quoi, d'ailleurs ? Un week-end à la campagne avec une collègue pour rencontrer quelqu'un. Qui ? Elle douta de sa décision, mais la partie non rationnelle qui faisait partie d'elle savait que ce serait intéressant.

Chapitre 44

Charlie ne changea pas d'avis malgré sa réticence. Mystérieuse, Amy ne lui dit rien de plus quand elle s'assit dans le siège passager du 4×4. La route qui défilait sous ses yeux captiva, hypnotisa, puis eut raison de la résistance de la gendarme. De longues minutes transformées en heures qu'elle utilisa pour reposer son corps et son cerveau. L'aube naissante les accueillit. Elle émergea, découvrit les lieux et prit un moment en descendant de la voiture pour observer ce qui l'entourait. Château et parc.

— On est où exactement ?

La capitaine Jones gravit les marches menant à l'entrée de la demeure.

— Viens, je vais te présenter.

— À qui ? demanda-t-elle en essayant de se remémorer les raisons qui l'avaient poussée à accepter ce voyage.

Un homme, une sorte de majordome, ouvrit la porte et les salua :

— Qu'est-ce que c'est que ce truc ? murmura-t-elle toujours en bas du perron.

— Madame, si vous voulez bien ? dit le type en smoking.

Qui porte un smoking à 7 heures du mat' au XXIe siècle ? s'interrogea-t-elle en montant les marches et en se retournant en même temps pour poser son regard vers le portail au loin.

— Je veux bien...

Charlie admira le hall d'entrée dans lequel elle se trouvait. Une entrée ? Mais ce hall était aussi grand que sa maison. Bois. Moulures et lustres de cristal. Un décor de film. Amy la pressa.

— Ça va ! J'arrive, grogna-t-elle en gardant les yeux sur le plafond peint version chapelle Sixtine.

Elle gravit l'escalier au ralenti, observant l'environnement, et rejoignit Amy. Puis elles arrivèrent devant une double porte en chêne massif s'ouvrant sur une pièce faisant office de bureau. Une cheminée immense, dans laquelle un arbre entier brûlait, et une table en acajou trônaient aux côtés d'une bibliothèque, en bois sombre et mat, couvrant les trois autres pans de la pièce. Le tout complété par de larges fenêtres arrondies apportant luminosité et vue sur le parc vert d'arbres centenaires. Sur le pas de la porte, elle contempla le faste, puis ses yeux tombèrent sur l'homme, cheveux blancs, assis. Il se leva pour venir à sa rencontre.

— Je vois que vous admirez ce bureau. Incroyable, n'est-ce pas ? dit le vieil homme.

— T'as raison, chuchota-t-elle, les yeux explorant le contenu de la bibliothèque.

Il ne s'offusqua pas de son manque de politesse et attendit qu'elle se concentre sur lui. Amy, voyant sa collègue ignorer l'homme, la poussa.

— Quoi ?

— Je te présente Philippe Devon.

— Charlie Meunier, répondit-elle. Enchantée.

Il lui sourit en lui serrant la main.

— Mais vous êtes qui ? demanda-t-elle.

— Asseyez-vous, je vous prie.

Elles prirent place sur les fauteuils face au bureau de l'homme. Charlie, toujours sur la réserve, se demanda à nouveau pourquoi elle avait atterri dans ce château d'un autre siècle.

— J'imagine ce que vous vous demandez, commença l'homme.

— Pas sûr, lui répondit-elle sur la défensive.

— La capitaine Jones est une de mes collaboratrices, elle fait partie de notre réseau d'enquêteurs. En plus de son travail dans la police, elle nous aide pour nos enquêtes.

— Vos enquêtes ? s'inquiéta la gendarme, qui ne voyait pas de quoi il parlait.

— Des enquêtes, comment dire, de recherche.

Amy prit le relais, elle devait lui fournir des explications :

— Je fais partie d'une organisation qui travaille sur la compréhension des phénomènes de clairvoyance. Nous recherchons des personnes ayant les mêmes aptitudes que toi.

— Une organisation ? maugréa-t-elle. Une secte, quoi !

— Non, pas du tout. Il n'y a pas de secte. C'est une organisation comme... une ONG.

— Tu es sérieuse, tu t'entends parler là. Une ONG qui fait des recherches sur des supposés dons de voyance. Ça va pas bien dans ta tête, s'énerva-t-elle en se levant de son fauteuil cousu d'or.

Elle tourna dans le bureau, les épais tapis d'Orient étouffant ses pas.

— Écoute-moi. Il n'y a rien d'illégal. Personne n'est retenu contre son gré et il n'y a ni gourou ni incantation débile. Il y a des scientifiques et des gens sérieux qui veulent comprendre comment et pourquoi certaines personnes, comme toi, sont plus sensibles à leur environnement, utilisent leur cerveau de façon différente, perçoivent, ressentent les choses de façon exacerbée.

— Votre amie a raison. Écoutez-la. Vous êtes spéciale. Vous ne voulez pas savoir pourquoi ?

— Je ne suis pas spéciale, je veux juste être tranquille, vivre tranquillement.

— Tu admets quand même que tu as quelque chose d'unique. Cette dernière enquête te l'a montré, tu ne peux pas le nier.

— Des interprétations. C'est tout. J'ai vu ce que j'avais envie de voir.

— Tu te voiles la face, souffla Amy, dépitée qu'elle ne veuille pas entendre l'évidence.

Elle se leva à son tour et se dirigea vers une porte cachée par une tenture murale.

— Viens avec moi.

À contrecœur, Charlie, dont la colère montait en puissance, prête à l'étouffer, la suivit. Elles entrèrent dans une salle aux dimensions équivalentes à celles du bureau. Des milliers de livres, de feuillets, certains datant de plusieurs centaines d'années, étaient répartis sous verre, dans des bibliothèques, sur des tables, comme exposés. Des tableaux ornaient les murs libres. Hommes et femmes de plusieurs époques. Ses yeux captèrent les reflets d'un tableau ; son cerveau mit du temps à l'analyser. Pourtant, elle avança vers lui comme attirée. Un portrait. D'une femme. Longs cheveux bruns, yeux noisette clair, teint mat. C'était elle sur ce portrait. Elle se tourna vers sa collègue, interrogative. Elle ne reconnut pas sa voix.

— Mais c'est moi ? demanda-t-elle d'une voix tremblante.

Elle fronça les sourcils, ne comprenant rien à ce qui se passait.

— Non, ce n'est pas toi. C'est ta mère biologique.

— Ma mère biologique..., répéta-t-elle en pleine confusion.

— Tu es comme elle. Physiquement. Et tu as le même don qu'elle.

— Je n'ai pas de don ! cria-t-elle déstabilisée.

— Ta mère percevait le monde d'une autre façon, cela s'exprimait différemment de ce que tu vis, mais tu as hérité de ses capacités.

Amy continua ses explications, mais Charlie n'entendait plus. Elle scruta le portrait de cette femme, à qui elle ressemblait trait pour trait. Sa mère. Elle avait appris très tôt que ses parents biologiques étaient morts. Ses parents adoptifs avaient su combler le vide affectif de leur perte et elle n'avait jamais cherché à en savoir plus sur eux.

Sa vue se brouilla, des décharges neuronales anarchiques empêchèrent toute réflexion sensée, seul son corps était encore capable de faire quelque chose. Elle devait quitter ce lieu, s'échapper, se cacher. Pour sa survie. Elle sortit en trombe du bureau de l'homme, resté impassible, et dévala les escaliers, sans rien y voir. Sa fuite la mena sur le perron extérieur, où elle reprit son souffle. Des larmes de rage ruisselèrent sur ses joues, sans qu'elle puisse y faire quoi que ce soit. Elle se dirigea vers la voiture, décidée à ne plus jamais entendre ces inepties de don. Les clés étaient sur le contact, les portes du portail ouvertes. Elle ne resterait pas une minute de plus ici. Dans un adieu spécial à la capitaine Jones, elle démarra comme une furie, faisant voltiger des graviers, sortit du parc et, sans savoir ni où elle était, ni où elle allait, accéléra sur la route sans regarder derrière. Retrouver sa vie était son seul but. La capitaine Charlie Meunier laissait derrière elle son passé et des réponses qu'elle n'avait pas envie d'entendre. Pas encore.

Ils la regardèrent partir, l'une avec tristesse, l'autre avec résignation.

— Ne vous en voulez pas, vous avez fait ce qu'il fallait. Elle n'est pas encore prête, Amy. Elle reviendra vers vous, bientôt, lui dit le vieil homme qui déjà repartait vers son bureau.

Cet espoir lui étreignit le cœur.

Épilogue

Quelques jours avant la fin de l'année, l'adjudant-chef Martinez reçut un article de presse envoyé par son collègue de la section de recherches, chargé de l'enquête sur la disparition de Xavier Seirgalal.

Il fronça les sourcils.

— Qu'est-ce que c'est encore ?

Il en lut le contenu avec attention.

AFP

Le corps d'un homme a été retrouvé par un promeneur dans une forêt de la Creuse. Il aurait été émasculé et torturé selon les premières constatations. Son identité n'a pas encore été révélée. Une source proche de l'enquête suggère que cette découverte serait liée à la disparition d'un homme survenue quelques semaines plus tôt. Des prélèvements ont été réalisés pour procéder à des analyses ADN pour infirmer ou confirmer cette thèse.

Martinez s'empressa de faire suivre ce message aux capitaines Jones et Meunier. Si des analyses étaient en cours, il aurait rapidement des nouvelles.

Il s'appuya sur le dossier de son fauteuil et inspira profondément. Si ce corps s'avérait être celui de Xavier Seirgalal, son père serait anéanti et furieux contre les enquêteurs. Il ne cessait de venir à la brigade depuis des semaines, leur demandant des comptes, espérant que son fils réapparaîtrait.

Le gendarme le mit plusieurs fois en garde contre d'éventuelles représailles de la jumelle. Personne ne savait quelles étaient ses intentions et elle avait bien brouillé les pistes pour ne pas être retrouvée. Avec la mort de son aîné, ils allaient devoir être encore plus prudents.

La veille de la Saint-Sylvestre, l'adjudant-chef Martinez et son collègue se présentèrent au manoir. Le conseiller leur ouvrit, devinant déjà ce qu'ils venaient lui annoncer. Il ne fit aucun commentaire et referma la porte sur eux. Il n'y avait rien à dire. Tout avait été dit. Jean Seirgalal avait perdu de sa superbe et de son arrogance. Cette annonce ne fit qu'accentuer sa tristesse et, contre toute attente, mit un coup d'arrêt à sa colère, le plongeant dans un profond désespoir à l'arrière-goût de remords.

Son cadet, Louis, trop malade, ne vieillirait pas, son cœur s'arrêterait de battre bien avant celui de son père. Il ne lui resterait rien. Il serait seul. Vulnérable. Apparaîtrait-elle à ce moment-là ? Pour son ultime mission. Comment le savoir ? Attendre la mort serait son seul avenir.

Remerciements

Ce roman n'aurait pas vu le jour sans le Prix du polar non publié, organisé par Novice. Je remercie sincèrement le jury et son président, Thomas Cantaloube, pour avoir cru en mon histoire. Un grand merci à Timothé Guillotin, pour son professionnalisme et son aide précieuse dans le travail de réécriture.

Merci à Yvette Sias qui me soutient dans mon travail d'écriture et m'encourage à poursuivre dans cette voie.

Merci à Claudine, Vincent, Isabelle, Patricia, Laurent, Bernadette et à mes bibliothécaires préférées, Valérie et Véronique. Vous avez tous participé à la construction de ce roman grâce à votre relecture attentive et vos remarques constructives.

Un grand merci à mon époux, sans qui rien ne serait possible.

Lexique

1. Service régional de la police judiciaire.
2. Section de recherches.
3. Brigade de recherches.
4. Institut médico-légal.
5. Véhicule de secours et d'assistance aux victimes.
6. Techniciens en identification criminelle.
7. Lampe qui possède la capacité d'émettre de la lumière à différentes longueurs d'onde, sert à visualiser les empreintes digitales et les traces de sang, de salive, de liquide séminal, de fibres, ainsi que de résidus chimiques.
8. Fichier national automatisé des empreintes génétiques.
9. Groupe national d'investigation cynophile.
10. Officier de police judiciaire.
11. Fichier automatisé des empreintes digitales.
12. National Rifle Association (Association nationale des armes à feu, États-Unis).
13. Recherche d'explosifs sur des personnes en mouvement.
14. Centre national d'instruction cynophile de la Gendarmerie.

FSC
www.fsc.org
MIXTE
Papier issu
de sources
responsables
FSC® C109764

Illustration : © Mathieu Persan
Composition et maquette : Nord Compo
Imprimé au Portugal en décembre 2021